RAPHAËL DROMMELSCHLAGER

L'ÎLE OÙ LE ROI N'EXISTE PAS

On ne peut pas revenir dans le temps
pour changer le début.

Mais on peut commencer là où on est
et changer la fin.

GRAND ANGLE

L'ÎLE OÙ LE ROI N'EXISTE PAS

MERDE ! MERDE ! MERDE !
TUT ! TUT !
OUI ?
OUVRE, CAMILLE ! MAGNE-TOI, IL NEIGE !
MERDE ! MERDE ! MERDE !
GUS ! ÇA FAIT UNE HEURE QUE JE T'AI LAISSÉ LE MESSAGE !
ENTREZ, ENTREZ... JE M'EN VOUDRAIS SI VOUS ATTRAPIEZ FROID !
INSPECTEUR CARON, POLICE CRIMINELLE. ASSEYEZ-VOUS !

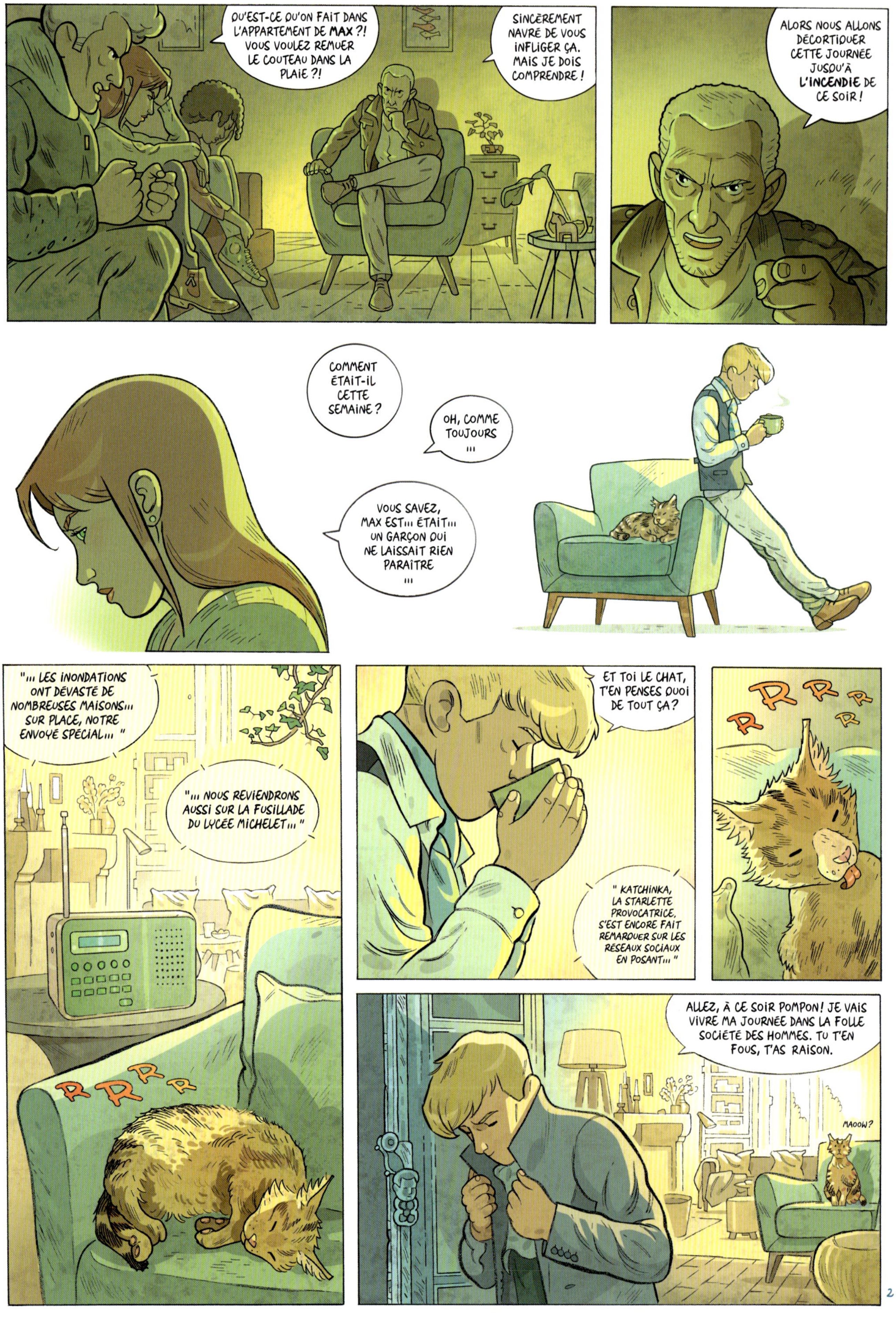
QU'EST-CE QU'ON FAIT DANS L'APPARTEMENT DE **MAX** ?! VOUS VOULEZ REMUER LE COUTEAU DANS LA PLAIE ?!
SINCÈREMENT NAVRÉ DE VOUS INFLIGER ÇA. MAIS JE DOIS COMPRENDRE !
ALORS NOUS ALLONS DÉCORTIQUER CETTE JOURNÉE JUSQU'À **L'INCENDIE** DE CE SOIR !
COMMENT ÉTAIT-IL CETTE SEMAINE ?
OH, COMME TOUJOURS ...
VOUS SAVEZ, MAX EST... ÉTAIT... UN GARÇON QUI NE LAISSAIT RIEN PARAÎTRE ...
"... LES INONDATIONS ONT DÉVASTÉ DE NOMBREUSES MAISONS... SUR PLACE, NOTRE ENVOYÉ SPÉCIAL... "
"... NOUS REVIENDRONS AUSSI SUR LA FUSILLADE DU LYCÉE MICHELET... "
RRRR
ET TOI LE CHAT, T'EN PENSES QUOI DE TOUT ÇA ?
" KATCHINKA, LA STARLETTE PROVOCATRICE, S'EST ENCORE FAIT REMARQUER SUR LES RÉSEAUX SOCIAUX EN POSANT... "
RRRR
ALLEZ, À CE SOIR POMPON ! JE VAIS VIVRE MA JOURNÉE DANS LA FOLLE SOCIÉTÉ DES HOMMES. TU T'EN FOUS, T'AS RAISON.
MAOOW ?
2

TOUJOURS LE MÊME CAUCHEMAR !
Le grand Départ
Le grand Départ
LA BALEINE, L'OCÉAN...
... C'EST SI RÉEL ...
collection Ailleurs
ALORS MAX, TU RÊVES ENCORE ?
CLING
JE FAIS QUE PASSER, JE DÉJEUNE DANS LE QUARTIER AVEC DES COLLÈGUES !
SALUT, GUS !
HEIN ? IL EST DÉJÀ MIDI ? J'AI PAS VU PASSER LA MATINÉE !
AH BON ? MAIS T... TU N'AS PAS EU DE CLIENTS ? ...
TU ES LA PREMIÈRE PERSONNE QUI ENTRE DANS LA LIBRAIRIE AUJOURD'HUI !
MERDE, MAX ! OUVRE LES YEUX ! LIBRAIRIE CONTRE INTERNET, C'EST PLIÉ ! FAUT QUE TU RACCROCHES OU TU VAS TE RETROUVER À LA RUE !
T'ATTENDS QUOI ? RÉAGIS, BORDEL !

PARS D'ICI ET VIS ! MERDE ! VIS !!!
TU PASSES TOUTES TES JOURNÉES DANS UN IMMOBILISME TOXIQUE !
QUELLE TIRADE ! ALORS LÀ, BRAVO !
DIS-MOI, T'EN AS PAS MARRE DE RACONTER DES CONNERIES ?!
CLAP! CLAP!
T'AS BESOIN DE VACANCES, GUS ! UN PETIT TOUR EN AFRIQUE ?!...
LE PAGNE TE VA TRÈS BIEN.
TRÈS DRÔLE.
QUEL PARADOXE, TU TIENS UNE LIBRAIRIE SUR LE TOURISME ALORS QUE TU NE PARS JAMAIS NULLE PART !
VOYAGER ? QUELLE IDÉE ! JE LAISSE ÇA AUX PRAGMATIQUES ! J'AI JETÉ L'ANCRE DANS UN OCÉAN DE LIVRES ! JE NE VAIS PAS ME PLAINDRE !
MOUAIS ...
UN JOUR, ON TE RETROUVERA ÉCRASÉ SOUS UNE PILE QUI T'AURA TUÉ SUR LE COUP...
HAHA! T'INQUIÈTE PAS, VA ! IL NE M'ARRIVERA JAMAIS RIEN !
Livre
L'île aux Diables!
La Croix des Etoiles
NON, IL NE M'ARRIVERA JAMAIS RIEN.

JE PARS AUTREMENT.
L'AVION, C'EST LE CRAYON.
LE CIEL, C'EST LE CARNET.
UN VOYAGE. UNE FUITE.
SANS DOUTE LES DEUX.
AMBRE ?
TOC TOC
SALUT, VOISIN !
UN JEU CONCOURS SUR LES CARNETS DE VOYAGE ! C'EST POUR TOI, ÇA !
?

SI TU GAGNES, TU PARS UNE SEMAINE DANS UN SALON DU LIVRE AU COEUR DE L'ADRIATIQUE ! T'IMAGINES ?
HOUUUULÀ, J'IMAGINE ...
MAIS QU'EST-CE QUE VOUS AVEZ AUJOURD'HUI ?! VOUS VOUS ÊTES DONNÉ LE MOT OU QUOI ? JE NE VEUX PARTIR NULLE PART, MOI ! JE SUIS TRÈS BIEN ICI !
ÇA VAAAA... POURQUOI TU T'EXCITES ? DE TOUTE FAÇON, LES CHANCES DE GAGNER SONT MINCES.
OUI... ENFIN... C'EST PARCE QUE GUS EST PASSÉ CE MATIN ET... BREF ! LAISSE TOMBER.
OK, JE LAISSE TOMBER "VITE FAIT, BIEN FAIT", SALUT, PICASSO !
FAUT QUE JE DESCENDE, MOI. JE SUIS UN PEU NERV...
?
?!! AH OUAIS, ELLE A CHIPÉ MON DESSIN !
"VITE FAIT, BIEN FAIT" ...
Le grand Départ
UNE JOURNÉE DE PLUS ...
KRii
COMME HIER ...
... ET DEMAIN.
Auto-Ecole Léturgie

MONSIEUR, LE MUSÉE FERME DANS CINQ MINUTES.
CINQ MINUTES DE TEMPS EN TEMPS ME SUFFISENT.

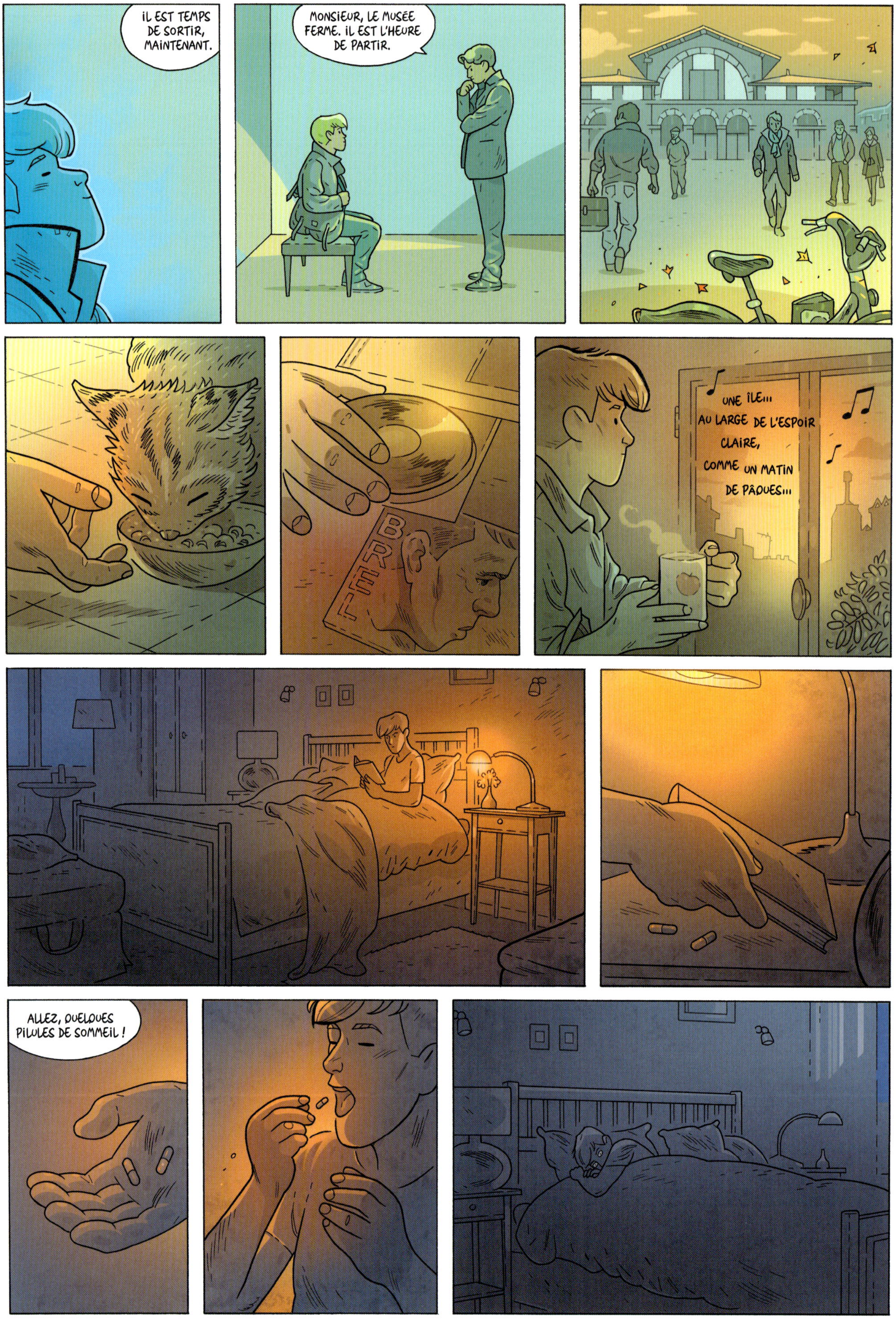
IL EST TEMPS DE SORTIR, MAINTENANT.
MONSIEUR, LE MUSÉE FERME. IL EST L'HEURE DE PARTIR.
BREL
UNE ÎLE... AU LARGE DE L'ESPOIR CLAIRE, COMME UN MATIN DE PÂQUES...
ALLEZ, QUELQUES PILULES DE SOMMEIL !

Guitares sur mesure depuis 1983
Lutherie Georges
Georges
SALUT, BEAU GOSSE !
ÇA VA, CAMILLE? BONJOUR MONSIEUR GEORGES !
CLING
GNN
TU TE RAPPELLES QU'ON SE VOIT DEMAIN SOIR AVEC GUS ET AMBRE POUR FÊTER TON ANNIVERSAIRE? TRENTE ANS ! RESTO CHICOS !
J'AI DÉJÀ PRÉPARÉ LES TALONS HAUTS ET LA ROBE MOULANTE.
ET TU SAIS LA DIFFÉRENCE ENTRE MA TENUE DE DEMAIN SOIR ET TOI ?
TU SAIS CAMILLE, ÇA M'A TOUJOURS FASCINÉ QUE TU FABRIQUES D'AUSSI BELLES GUITARES...
... ALORS QUE TU NE SAIS MÊME PAS EN JOUER...
REMARQUE PERTINENTE, MONSIEUR QUI VEND DES LIVRES SUR DES TERRES LOINTAINES SANS JAMAIS QUITTER LE PAYS !
TOUCHÉ, CAMILLE. ALORS, CETTE DIFFÉRENCE ?
LA DIFFÉRENCE ENTRE TOI ET MA TENUE DE CE SOIR...
... C'EST QUE MA TENUE, ELLE, M'ATTEND SUR MON LIT.
AHA HA HA
UN MOMENT, J'AI EU PEUR QUE TU SOIS SÉRIEUSE ! DEPUIS LE TEMPS QU'ON SE CONNAÎT, CAMILLE ! JE NE SERAI JAMAIS **SUR** NI **DANS** TON LIT !
ON EST JUSTE DES POTES ! POUR MOI, T'ES UN "MEC" COMME LES AUTRES !

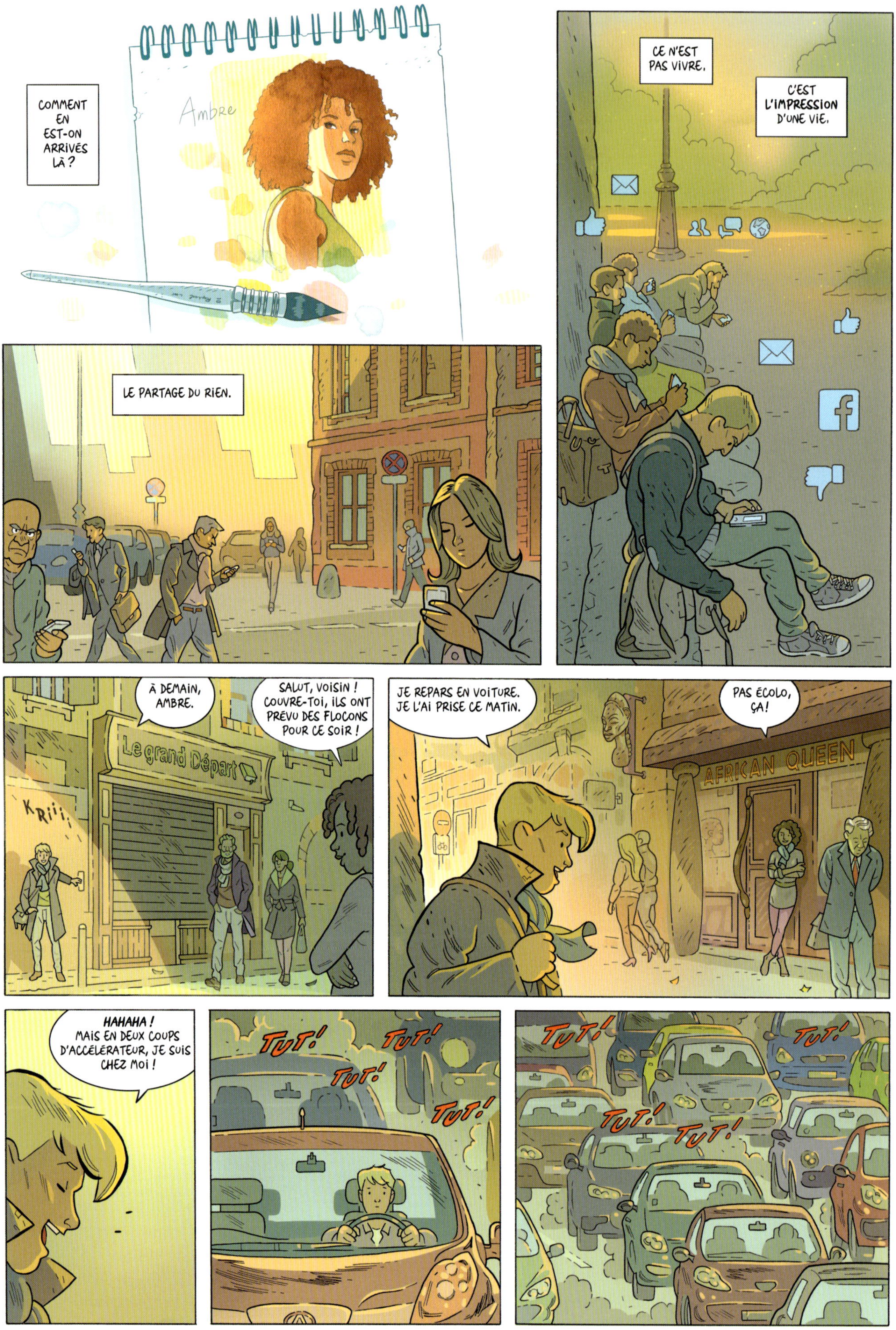
COMMENT EN EST-ON ARRIVÉS LÀ ?
Ambre
CE N'EST PAS VIVRE.
C'EST L'IMPRESSION D'UNE VIE.
LE PARTAGE DU RIEN.
KRIII
Le grand Départ
À DEMAIN, AMBRE.
SALUT, VOISIN ! COUVRE-TOI, ILS ONT PRÉVU DES FLOCONS POUR CE SOIR !
JE REPARS EN VOITURE. JE L'AI PRISE CE MATIN.
PAS ÉCOLO, ÇA!
AFRICAN QUEEN
HAHAHA ! MAIS EN DEUX COUPS D'ACCÉLÉRATEUR, JE SUIS CHEZ MOI !
TUT! TUT! TUT! TUT!
TUT! TUT! TUT! TUT!

MEEEERDE !!
?!!!
ALORS, TU PEUX PAS RESTER DANS TA FILE ?! QUAND ON CONDUIT COMME UNE GONZESSE, ON RESTE À LA MAISON TORCHER LES GOSSES !
?!... MAIS RESTEZ POLI, C'EST VOUS QUI...
1-DIJ-898
!
ET VOILÀ, ON ROULE EN GROSSE BAGNOLE ET ON SE CROIT TOUT PERMIS !
FASCISTE !
VVRRR
CES MECS-LÀ, IL FAUDRAIT CARRÉMENT LEUR BRÛLER LA CAISSE !
OUI, ILS... ILS SE CROIENT VRAIMENT TOUT PERMIS...
VOILÀÀÀ. VOUS ALLEZ SIGNER NOTRE PÉTITION POUR SUPPRIMER TOUS LES VÉHICULES DANS LE CENTRE ET TAXER CES SALAUDS DE RICHES, PROPRIOS DE PARKING !
NON, NON... JE...
HEIN ?! VOUS VOULEZ PAS SIGNER LA PÉTITION ?! OOOKÉÉÉ. C'EST VOTRE OPINION. CONTINUEZ À REGARDER LE MONDE MOURIR DANS UN NUAGE DE POTS D'ÉCHAPPEMENT SOUS UNE COUCHE D'OZONE PERCÉE ! BRAVO !
EUH...
FASCISTE !

VOILÀ ! IL PEUT Y AVOIR LA GUERRE MONDIALE, J'AI LES VIVRES !
PLACARD À MUNITIONS, REMPLI !
UNE ILE
UNE ILE
QU'IL NOUS
RESTE
À BÂTIR...
JE SUIS UN PEU COMME JAMES STEWART. J'OBSERVE.
... EN BUVANT UNE LIQUEUR À LA MÛRE ET À LA CORIANDRE.
HAHA ! DANS UN MUG ! LA GRANDE CLASSE !

ULYSSE ?!... T... TOUT VA BIEN ? ...
NEIGE À LA CON !
JE SUIS LE LIBRAIRE. ON SE CROISE PARFOIS.
AH, MONSEIGNEUR ! T'ES SYMPA DE ME RELEVER ! NE FINIS PAS DANS LA RUE, PETIT ! NE DEVIENS JAMAIS COMME MOI ! T'AURAIS PAS UN BILLET ?
B... BIEN SÛR, TENEZ ! OH, VOUS SAVEZ, ON A TOUS NOS ADDICTIONS...
VINGT BALLES ?! T'ES BILL GATES !
MERCI, MON PRINCE, POUR TON AIDE UNE FOIS ENCORE ! UN JOUR, QUI SAIT ? C'EST P'TÊT MOI QUI T'RENDRAI SERVICE ! HAHAHA !!...

À VOTRE SANTÉ, ULYSSE ! À NOS ADDICTIONS !
CLIC !
Ulysse

L'ASKOY
ÇA Y EST, T'ES VIEUX !
PAS ENCORE ! JE SUIS NÉ DANS UNE HEURE !
TRENTE ANS DE CONNERIES !
VOILÀ CE QUI MANQUE À LA JEUNESSE D'AUJOURD'HUI ! DE LA VRAIE CONNERIE ! DE LA CONNERIE DE QUALITÉ !
ÇA, C'EST UNE BONNE PHRASE DE VIEUX ! ALLEZ, JE LÈVE MON VERRE À DAME CONNERIE DONT NOUS SOMMES LES DIGNES AMBASSADEURS !
ENIVRONS-NOUS CE SOIR DE JOIE ET DE FOLIE JUSQU'À CE QUE LA RAISON NOUS RATTRAPE ET PUIS NOUS TUE !
ET MERCI DE ME FAIRE CROIRE QUE JE ME PORTE BIEN APRÈS TRENTE ANS DE NÉVROSE !
C'EST ÇA LES VRAIS AMIS !
VOUS ÊTES DES COMÉDIENS HORS PAIR !
ET TOI, T'AS LE CÉSAR DU MEILLEUR ACTEUR ! JE VAIS ME GRILLER UNE CLOPE !
TU VIENS ?
AAAAH MON MAX, TU DIS TROP SOUVENT QUE ÇA VA POUR QU'ON TE CROIE ! T'AS TOUJOURS ÉTÉ TOURMENTÉ ET T'AS TOUJOURS FAIT BONNE FIGURE !
ALLEZ, CONFIE-TOI À TONTON GUS !
HAHAHA ! PAS UN TONTON, T'ES UN PÈRE POUR MOI !
MOUAIS... TU SAIS, JE PENSE PARFOIS À TON PÈRE... ON L'APPELAIT LE VIEUX LION ! T'EN PARLES JAMAIS. DEPUIS QUE T'ES GOSSE, TU VAS MAL. DEPUIS QU'IL EST MORT... TU SAIS TON PROBLÈME ? C'EST QUE TU N'AS PAS PU LUI DIRE QUE TU LE DÉTESTAIS ! ...
ET TA LIBRAIRIE ? PERSONNE NE RENTRE. ME DIS PAS QUE ÇA NE TE MINE PAS !... PARFOIS, ON DIRAIT QUE TU VIS COMME DANS UNE BD !
DE BROUSSAILLE, S'IL TE PLAÎT !
OUAIS, FAIS LE MALIN ! CONTINUE COMME ÇA, UN JOUR TU FINIRAS SDF, COUILLON !
MAX ! RAPPELLE-TOI CE QUE DISAIT BREL, BORDEL ! "TENTEZ, ESSAYEZ, ÉCHOUEZ MÊME, CE SERA VOTRE RÉUSSITE !"

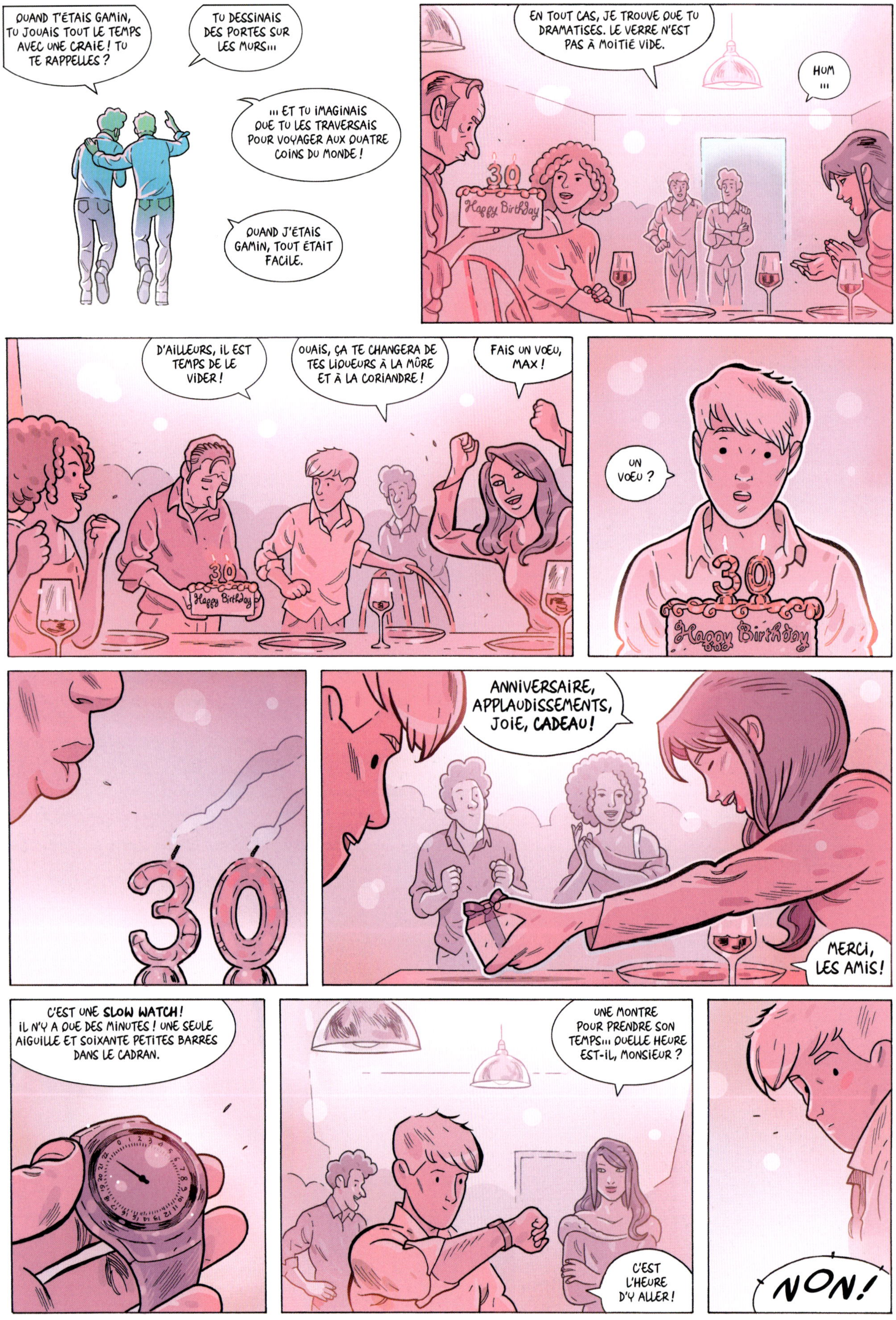
QUAND T'ÉTAIS GAMIN, TU JOUAIS TOUT LE TEMPS AVEC UNE CRAIE ! TU TE RAPPELLES ?
TU DESSINAIS DES PORTES SUR LES MURS...
... ET TU IMAGINAIS QUE TU LES TRAVERSAIS POUR VOYAGER AUX QUATRE COINS DU MONDE !
QUAND J'ÉTAIS GAMIN, TOUT ÉTAIT FACILE.
EN TOUT CAS, JE TROUVE QUE TU DRAMATISES. LE VERRE N'EST PAS À MOITIÉ VIDE.
HUM ...
Happy Birthday
D'AILLEURS, IL EST TEMPS DE LE VIDER !
OUAIS, ÇA TE CHANGERA DE TES LIQUEURS À LA MÛRE ET À LA CORIANDRE !
FAIS UN VOEU, MAX !
UN VOEU ?
ANNIVERSAIRE, APPLAUDISSEMENTS, JOIE, CADEAU !
MERCI, LES AMIS !
C'EST UNE SLOW WATCH ! IL N'Y A QUE DES MINUTES ! UNE SEULE AIGUILLE ET SOIXANTE PETITES BARRES DANS LE CADRAN.
UNE MONTRE POUR PRENDRE SON TEMPS... QUELLE HEURE EST-IL, MONSIEUR ?
C'EST L'HEURE D'Y ALLER !
NON !

MAX, UNE DE TES AQUARELLES A ÉTÉ RETENUE ! TU PARS DANS L'ADRIATIQUE !
MAX! MAX!
?
TOUT EST PRIS EN CHARGE. TU N'AS PLUS QU'À ENREGISTRER TON NOM SUR LE SITE DE LA COMPAGNIE AÉRIENNE. LE BILLET EST PRÉPAYÉ.
MEEEEEERDE !!!
?
VOUS COMPRENEZ RIEN !... RIEN !!
COOL, MAX ! ON ARRÊTE DE T'EMBÊTER AVEC ÇA ! PROMIS !
TU RESTERAS LA CAUTION PANTOUFLARDE DU GROUPE !
HUM ...
ALLEZ, LES ENFANTS ! PAPA NE TIENT PLUS LE COUP APRÈS MINUIT !
ATTENDS, ON VA DANS LA MÊME DIRECTION.
ET MAINTENANT, BEAU GOSSE? ...
MAINTENANT? J'AI BESOIN D'ÊTRE SEUL...
B... BON...
Camille

T'ÉTAIS OÙ ?
?
T'ES PARTI COMME ÇA. SANS RIEN DIRE.
PARTI POUR DEVENIR QUOI ?
ANGOISSÉ, INSOMNIAQUE, SANS JOIE. ÇA FAIT PAS ENVIE !
?!... MAIS TU... TU ES ...
S'IL TE RESTE ENCORE UN PEU DE PASSION, UNE LUEUR DE FOLIE, ALORS TU NE M'AS PAS COMPLÈTEMENT OUBLIÉ.
EST-CE QUE TU ES ENCORE CAPABLE DE DÉMESURE ? D'UTOPIE ?
REVIENS VERS MOI. REVIENS VERS... TOI !

ET LA CRAIE ? LA CRAIE DES ÉTOILES ! OÙ EST-ELLE ?!
TU ES PARTI AVEC ! NOS JEUX SE SONT ARRÊTÉS !
LE... TEMPS EST PASSÉ... ET JE...
J'AVAIS PERDU LE GOÛT D'ÊTRE TOI... ENFIN... J'AVAIS ENVIE DE DEVENIR QUELQU'UN D'AUTRE, TU COMPRENDS ?...
!
IL EST TARD...
IL EST DÉJÀ TRENTE ANS !
Café La Clasée
Engoza

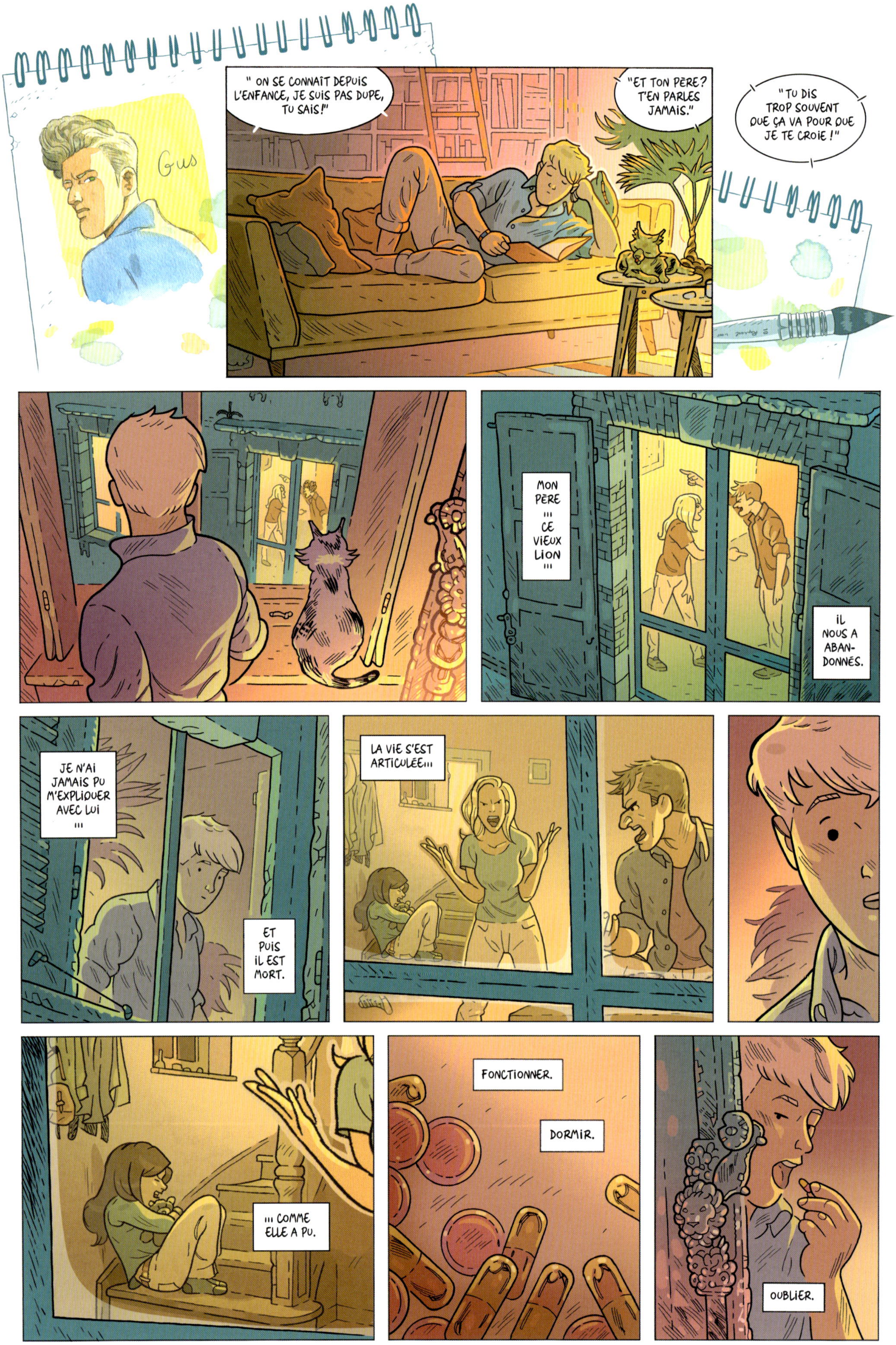
" ON SE CONNAIT DEPUIS L'ENFANCE, JE SUIS PAS DUPE, TU SAIS!"
"ET TON PÈRE? T'EN PARLES JAMAIS."
"TU DIS TROP SOUVENT QUE ÇA VA POUR QUE JE TE CROIE !"
Gus
MON PÈRE ... CE VIEUX LION ...
IL NOUS A ABAN-DONNÉS.
JE N'AI JAMAIS PU M'EXPLIQUER AVEC LUI ...
ET PUIS IL EST MORT.
LA VIE S'EST ARTICULÉE...
... COMME ELLE A PU.
FONCTIONNER.
DORMIR.
OUBLIER.

Chapitre 2

«Le propre des rêves est qu'ils sont irréalistes, monsieur Pérac...»

LE JOURNAL DE HUIT HEURES !… ♫ TUTUUU TUTUUU… ♫ JOURNÉE SOMBRE POUR LES AUTOMOBILISTES…
… SEULS LES VÉHICULES AYANT UNE PLAQUE D'IMMATRICULATION IMPAIRE SERONT AUTORISÉS À ROULER AUJOURD'HUI…
♫ TUUUUT… COURSE À LA PRÉSIDENTIELLE ! LE CANDIDAT DE L'OPPOSITION AFFIRME QU'IL VEUT ROMPRE AVEC LES MÉTHODES ARCHAÏQUES DE SES PRÉDÉCESSEURS !
… IL DIT, JE CITE : "JE COMPRENDS LES FRANÇAIS ! JE PEUX PARLER EN LEUR NOM ! MA LÉGITIMITÉ N'EST PLUS À PROUVER !…"
?!… GGGNNN… J… JE… !!
JE… J'ÉTOUFFE ! AAAGGNN …
TUUU !!!…
POU… POUSSEZ-VOUS ! POUSSEZ-VOUS !!!

PWAK!
P... PARDON... J... JE...
?! J... JE SAIGNE? ...
"T'ÉTAIS OÙ, MAX?"
" T'ES PARTI COMME ÇA. SANS RIEN DIRE."
" S'IL TE RESTE UN PEU DE PASSION, UNE LUEUR DE FOLIE ... "
PERSONNE SUIVANTE!
"... ALORS, TU NE M'AS PAS TOTALEMENT OUBLIÉ."
TROUBLES DU SOMMEIL, CRISES D'ANGOISSE, TENSIONS MUSCULAIRES... JE VOUS PRESCRIS DES PILULES À PRENDRE CHAQUE JOUR.
JE PRENDS DÉJÀ DES PILULES POUR DORM...

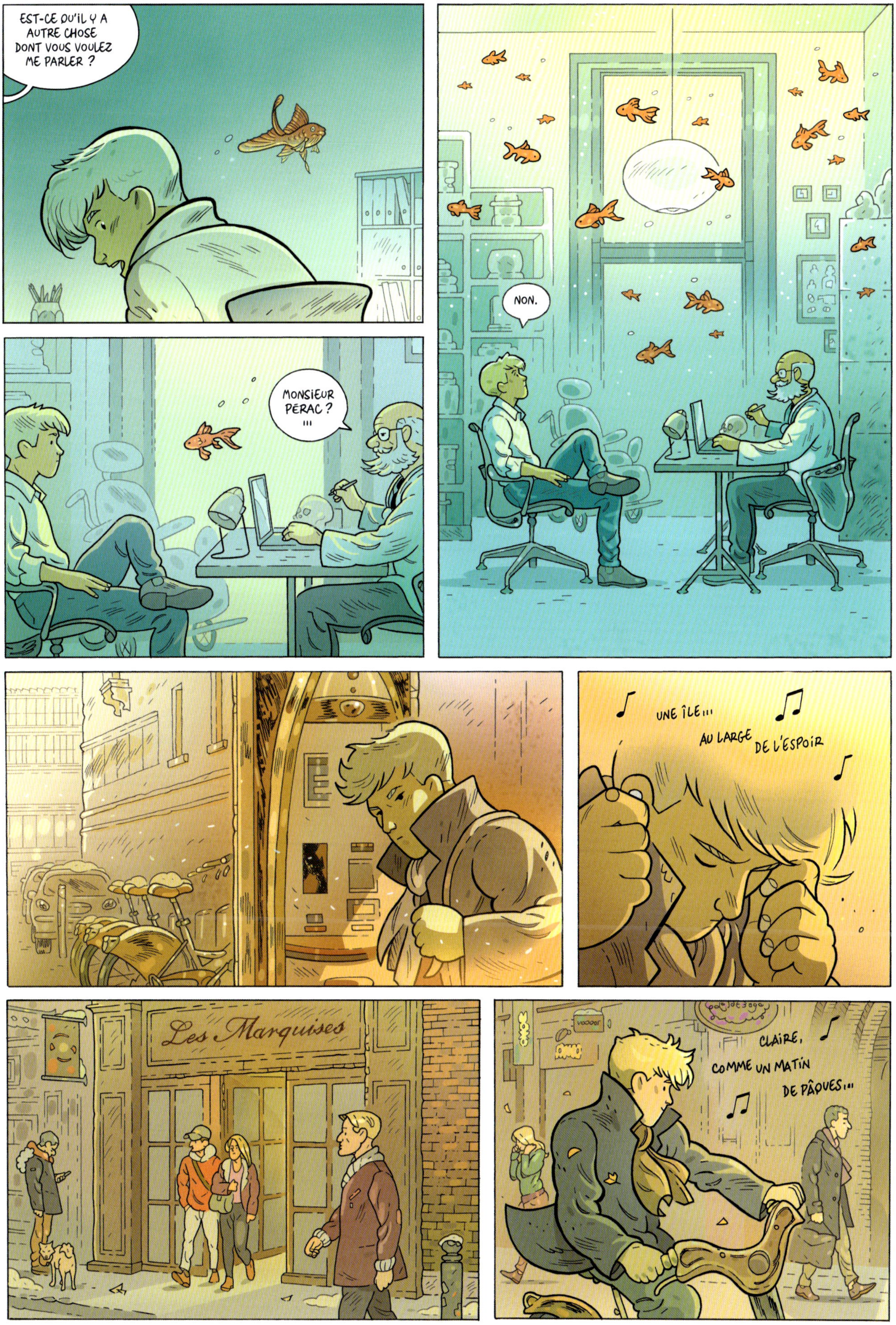
EST-CE QU'IL Y A AUTRE CHOSE DONT VOUS VOULEZ ME PARLER ?
MONSIEUR PÉRAC ? ...
NON.
UNE ÎLE...
AU LARGE DE L'ESPOIR
Les Marquises
CLAIRE, COMME UN MATIN DE PÂQUES...

César
& Rosalie
UNE ÎLE…
AU LARGE DE L'AMOUR,
QU'UN NUAGE DE PLUIE CARESSE…
Lancaster
The Swimmer
!!
BAM!

?
NON! N... NE PARTEZ PAS!...
N... NE... ME... LAISSEZ... PAS!...
?!!

BAAM !
RIEN DE CASSÉ ? FAUT FAIRE GAFFE AVEC CES VÉLOS ! VOUS AVEZ FAIT UNE SACRÉE CHUTE !

MAX ?!... POUSSE-TOI, T'ES SUR LE CHEMIN ! TU VOIS BIEN QU'ON NOUS LIVRE !
EUH... BONJOUR, QUAND MÊME ?
T'ES BIEN RENTRÉ L'AUTRE SOIR, APRÈS LE RESTO ? ENFIN, J'IMAGINE. PAS DE NOUVELLES DEPUIS !
George
T'ES DE MAUVAIS POIL, CAMILLE ?
ET MERCI DE M'AIDER À PORTER LES CARTONS !!
...
ET MAINTENANT ?
MAINTENANT ? ...
J'AURAIS TELLEMENT AIMÉ AUTRE CHOSE ...
QU'EST-CE QUE TU AURAIS AIMÉ, CAMILLE ?
TOUT BAZARDER ! PARTIR !
FILER EN VESPA DE COULEUR SUR UNE ROUTE DE CAMPAGNE UN MATIN D'ÉTÉ ...
UN PEU CLICHÉ, NON ? ...
J'EN SAIS RIEN. JE M'EN FOUS ! ...
OH LÀ LÀ, TU DRAMATISES !
TU SAIS, JE SUIS RAVI DE MA MONTRE. TU... TU NE ME DEMANDES PAS L'HEURE ?
OUI, JE SAIS : "QUELLE HEURE EST-IL ? C'EST L'HEURE D'Y ALLER." BLABLA, BLABLA... J'AI DU BOULOT, SALUT !

Le grand Départ
BONJOUR, MONSIEUR PÉRAC.
MONSIEUR MONIN, VOUS M'AVEZ FAIT PEUR.
MAIS NOUS NE SOMMES PAS LÀ POUR VOUS EFFRAYER, MONSIEUR PÉRAC...
VOUS PERDEZ VOTRE TEMPS ! DITES À VOS PATRONS QUE JE NE SUIS PAS VENDEUR !
REÇU !
VOUS RACHETEZ TOUT LE QUARTIER POUR TRANSFORMER LES COMMERCES EN TOURS DE VERRE ! MAINTENANT, VOUS ALLEZ ME FOUTRE LA PAIX UNE BONNE FOIS POUR TOUTES ! EST-CE QUE C'EST CLAIR ?!
CE QUI EST CLAIR, MONSIEUR PÉRAC, C'EST QUE VOUS CROULEZ SOUS LES DETTES ET QUE VOTRE... PETITE LIBRAIRIE N'A PLUS D'AVENIR.
REÇU?
JE SUIS VOTRE DESTIN, MONSIEUR PÉRAC. NOTRE PROPOSITION EST UNE CHANCE POUR VOUS SAUVER !
POUR ÊTRE SAUVÉ, IL FAUT COURIR UN DANGER. OR LA SEULE MENACE QUE JE VOIS ICI, C'EST VOUS, MONIN.
VOUS SAVEZ, JE NE SUIS QUE LES CONSIGNES DE MA HIÉRARCHIE.
REÇU?
NAVRÉ, MAIS J'AI D'AUTRES RÊVES.
LE PROPRE DES RÊVES EST QU'ILS SONT IRRÉALISTES.
JE SUIS VOTRE DESTIN, PÉRAC ! N'OUBLIEZ JAMAIS ÇA ! ...
REÇU ?
Monin

Chapitre 3

« L'avenir n'a jamais été aussi proche de moi… »

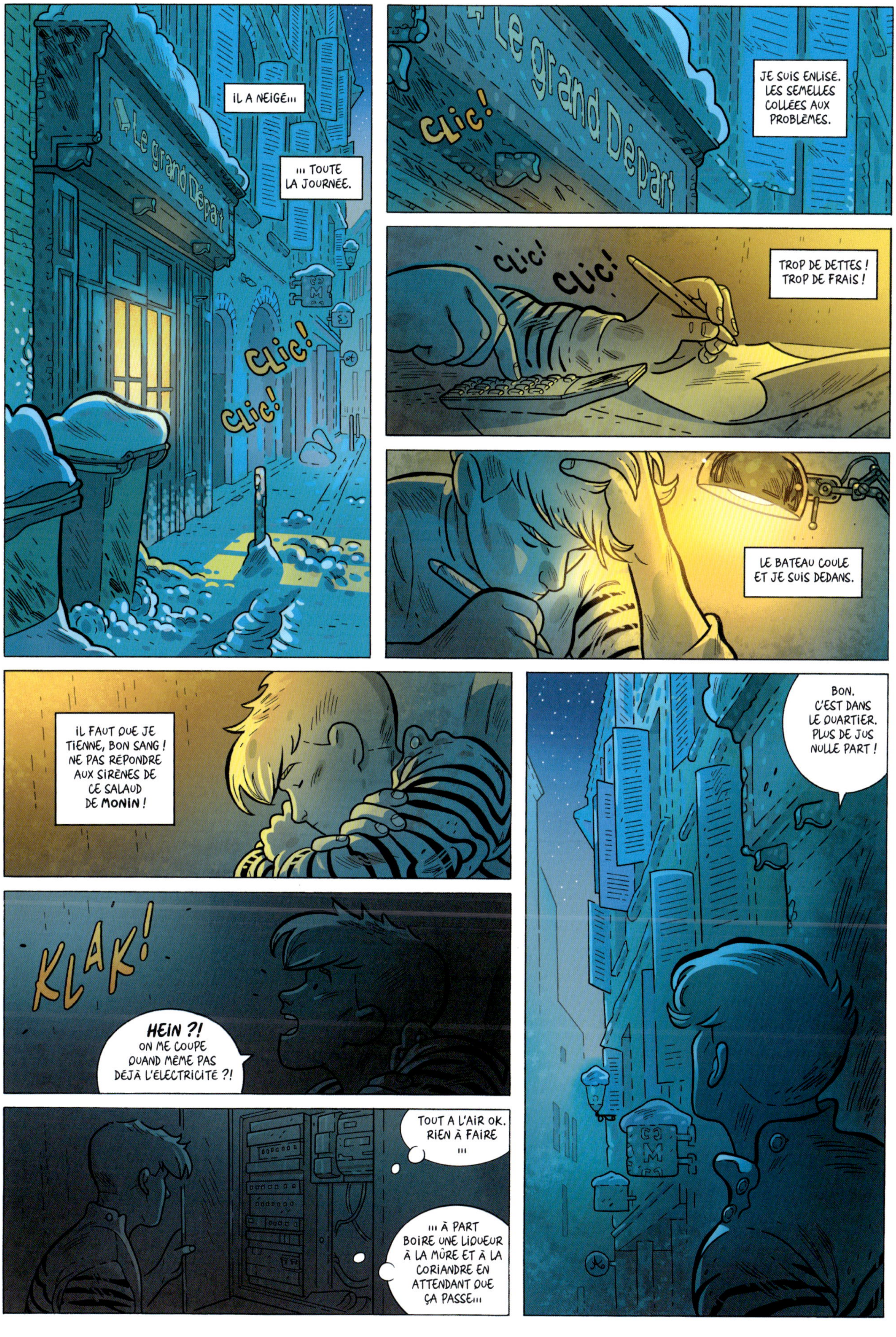
iL A NEiGÉ...
... TOUTE LA JOURNÉE.
CLiC!
CLiC!
Le grand Départ
CLiC!
JE SUiS ENLiSÉ. LES SEMELLES COLLÉES AUX PROBLÈMES.
CLiC!
CLiC!
TROP DE DETTES ! TROP DE FRAiS !
LE BATEAU COULE ET JE SUiS DEDANS.
iL FAUT QUE JE TIENNE, BON SANG ! NE PAS RÉPONDRE AUX SiRÈNES DE CE SALAUD DE MONIN !
KLAK!
HEiN ?! ON ME COUPE QUAND MÊME PAS DÉJÀ L'ÉLECTRiCiTÉ ?!
TOUT A L'AiR OK. RiEN À FAiRE ...
... À PART BOiRE UNE LiQUEUR À LA MÛRE ET À LA CORiANDRE EN ATTENDANT QUE ÇA PASSE...
BON. C'EST DANS LE QUARTiER. PLUS DE JUS NULLE PART !

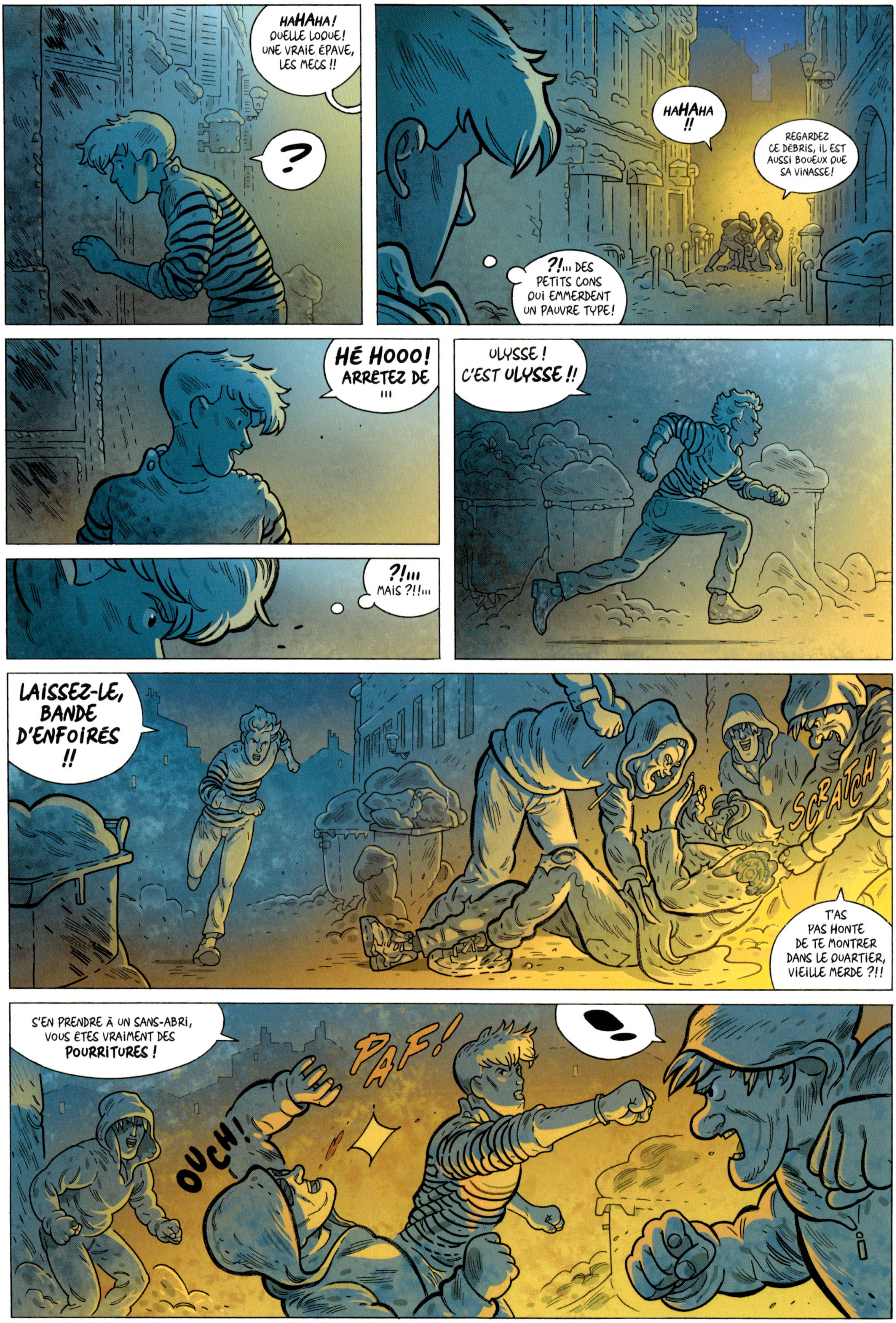
HAHAHA! QUELLE LOQUE! UNE VRAIE ÉPAVE, LES MECS !!
?
HAHAHA !!
REGARDEZ CE DÉBRIS, IL EST AUSSI BOUEUX QUE SA VINASSE!
?!... DES PETITS CONS QUI EMMERDENT UN PAUVRE TYPE!
HÉ HOOO! ARRETEZ DE ...
?!... MAIS ?!!...
ULYSSE! C'EST ULYSSE !!
LAISSEZ-LE, BANDE D'ENFOIRÉS !!
SCRATCH
T'AS PAS HONTE DE TE MONTRER DANS LE QUARTIER, VIEILLE MERDE ?!!
S'EN PRENDRE À UN SANS-ABRI, VOUS ÊTES VRAIMENT DES POURRITURES!
PAF!
OUCH!

VAS-Y ! IL EST KÉBLO !
T'ES VRAIMENT UN CONNARD, TOI ! TOUT ÇA POUR UN CLODO ?!
TU VEUX FAIRE LE HÉROS ? T'AS RIEN DANS LES BRAS !!
FUMIERS ! TROIS CONTRE UN ! VOUS ÊTES DES ORDURES !!
VOUS ÊTES DES ORD...
TA GUEULE !
AAARRR
CREVEZ EN SILENCE, LES BÂTARDS ! HAHAHA !
GGGNNN ...
GGGNNN ...
ULYSSE ! VOUS M'ENTENDEZ ?!... ULYSSE ?! ULYSSE !!
ACCROCHEZ-VOUS, ON VA ALLER JUSQU'À LA LIBRAIRIE !
MERCI... M... MONSEIGNEUR ! JE... JE T'APPORTE... QUE DES EMMERDES !

NE DITES PAS N'IMPORTE QUOI !
T'ES UN GARS BIEN, TU SAIS. TU M'RAPPELLES QUELQU'UN ! JE SAIS PLUS QUI.
J'T'AI DÉJÀ DIT L'AUT'SOIR ...
NE PARLEZ PLUS, ULYSSE. ÉCONOMISEZ-VOUS.
... UN JOUR, C'EST P'TET MOI QUI TE RENDRAI SERVICE, PETIT ! HAHAHA !!
DANS LE QUARTIER, PERSONNE ME PARLE. Y A QUE TOI QUI ME VOIS...
ON VA SE METTRE AU CHAUD, VOUS ALLEZ VOIR !
SHIT ! J'OUBLIAIS, Y A PLUS D'ÉLECTRICITÉ DANS TOUT LE QUARTIER !
DONC, PLUS DE CHAUFFAGE.
SÛR QUE T'ES MON ANGE GARDIEN, PETIT. TU VOIS, JE... MAIS ?!!
?
LÀ-BAS, DANS LA BAGARRE, J'AI LAISSÉ LE PLUS IMPORTANT POUR MOI ! UNE P'TITE BOITE EN FER ! IL ME LA FAUT, TU COMPRENDS ?! ...
M... MA BOITE ...
IL ME LA FAUT ...

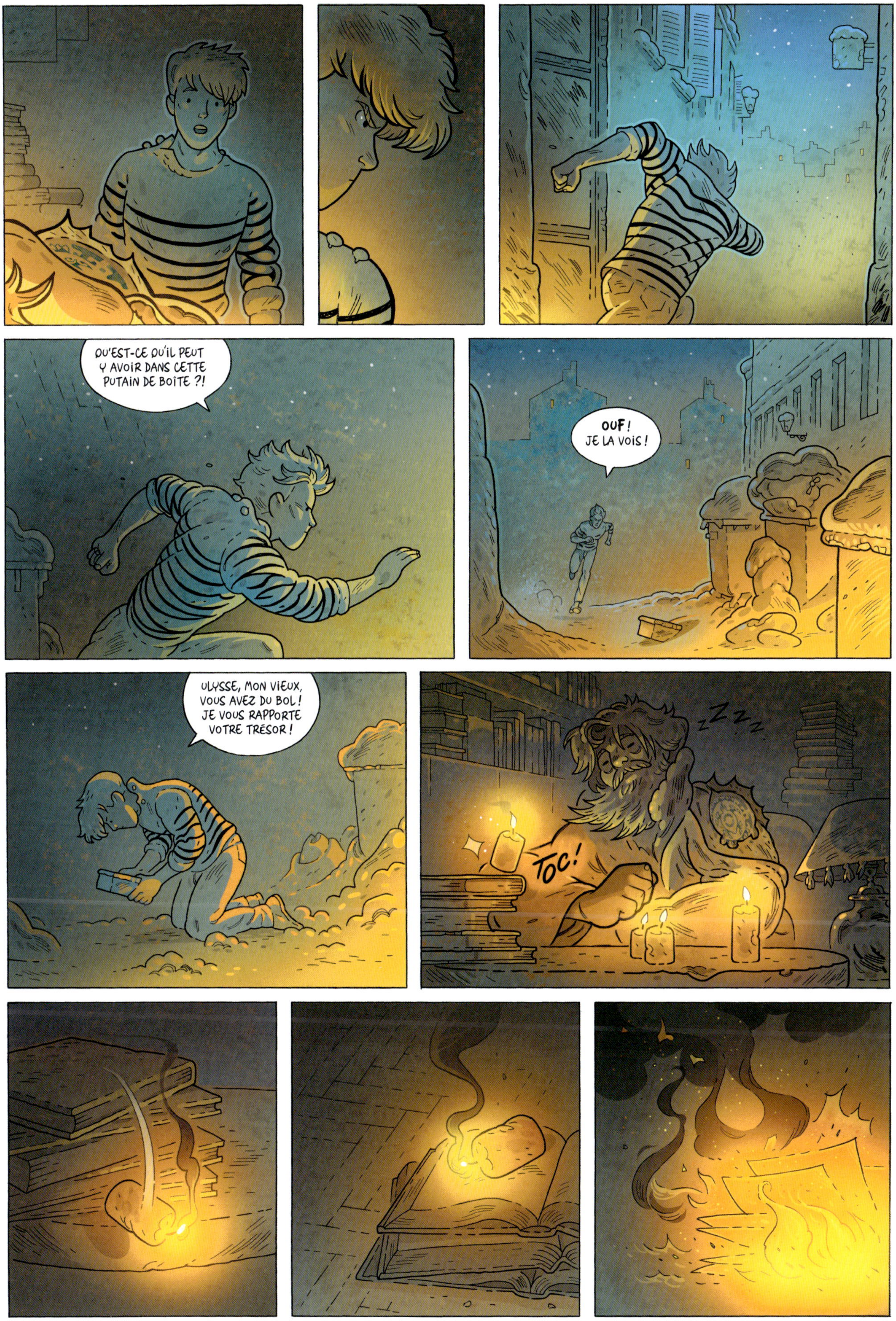
QU'EST-CE QU'IL PEUT Y AVOIR DANS CETTE PUTAIN DE BOITE ?!
OUF ! JE LA VOIS !
ULYSSE, MON VIEUX, VOUS AVEZ DU BOL ! JE VOUS RAPPORTE VOTRE TRÉSOR !
ZZZ
TOC !

PUTAIN, QUELLE SOIRÉE !!
MOI QUI PENS...
??!!!
?!
MEEEEEERDE !! MAIS QU'EST-CE QU'IL A FOUTU ?!! ...
PUTAIN DE PUTAIN DE PUTAIN !!!
ULYSSE !!! RÉPONDEZ-MOI !!!
ULYYYSSE !! ...
KOF!
KOF!
KOF!

LA FUMÉE…
LES FLAMMES …
KOF!
KOF!
IMPOSSIBLE D'ENTRER !
ULYSSE !
KOF!
IL EST EN TRAIN DE CREVER À L'INTÉRIEUR !
?!
ET JE NE PEUX RIEN FAI…
SALAUD ! FUMIER ! TOUT ÇA, C'EST TOI !!!
!
ORDURE ! C'EST TOI QUI AS MIS LE FEU !
ESPÈCE DE VAUTOU…
?!

C'EST MOI ! C'EST MOI ! AVEC LES BOUGIES ! QUEL CON !!
VOUS N'Y ÊTES POUR RIEN, PÉRAC. TOUT CECI EST L'ŒUVRE DU DESTIN ! ET MOI, JE NE SUIS QUE LE MESSAGER DU DESTIN ...
QU'EST-CE QUE VOUS DI... ?!
MONIN ?!

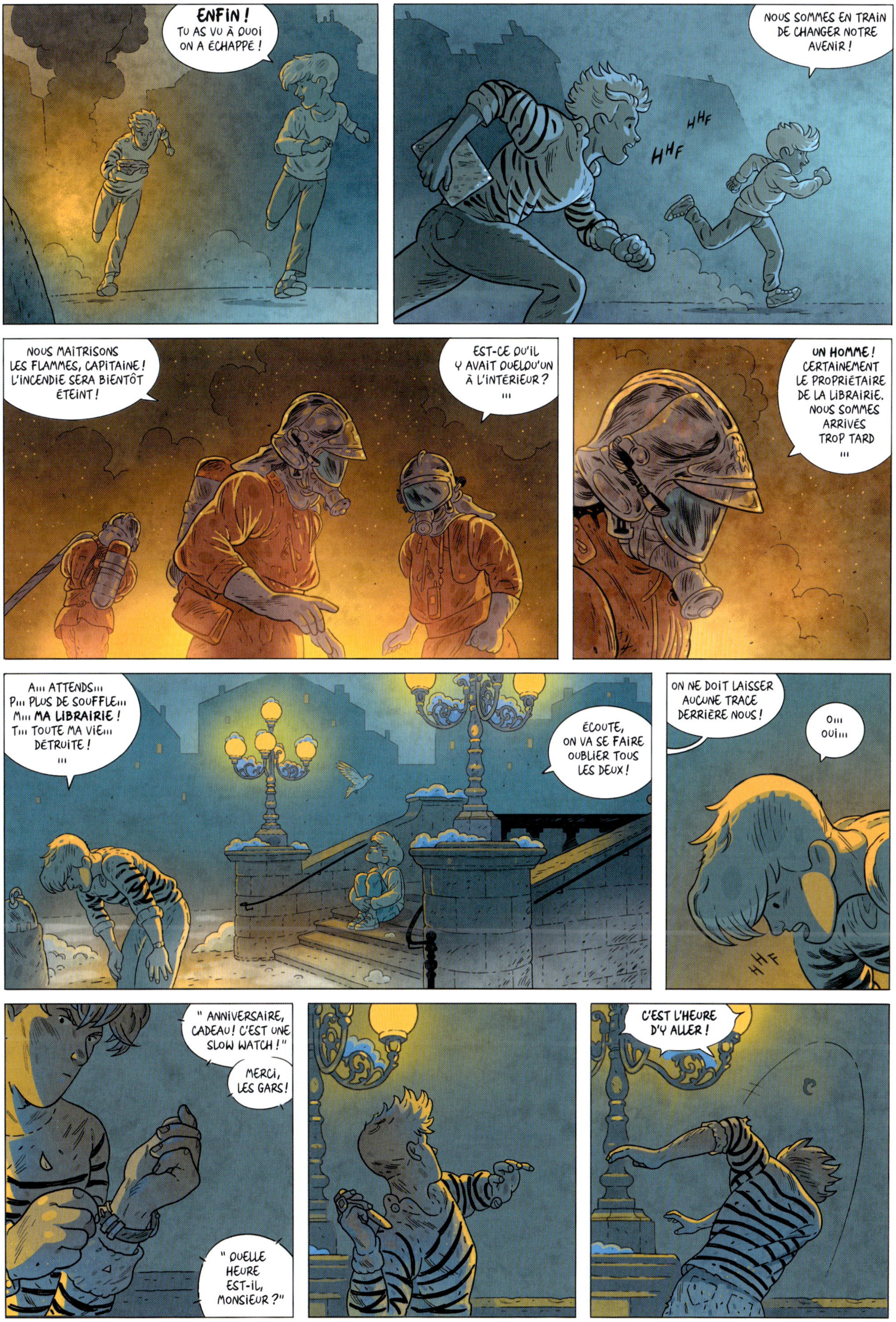

ENFIN ! TU AS VU À QUOI ON A ÉCHAPPÉ !
NOUS SOMMES EN TRAIN DE CHANGER NOTRE AVENIR !
HHF
HHF
NOUS MAITRISONS LES FLAMMES, CAPITAINE ! L'INCENDIE SERA BIENTÔT ÉTEINT !
EST-CE QU'IL Y AVAIT QUELQU'UN À L'INTÉRIEUR ? ...
UN HOMME ! CERTAINEMENT LE PROPRIÉTAIRE DE LA LIBRAIRIE. NOUS SOMMES ARRIVÉS TROP TARD ...
A... ATTENDS... P... PLUS DE SOUFFLE... M... MA LIBRAIRIE ! T... TOUTE MA VIE... DÉTRUITE ! ...
ÉCOUTE, ON VA SE FAIRE OUBLIER TOUS LES DEUX !
ON NE DOIT LAISSER AUCUNE TRACE DERRIÈRE NOUS !
O... OUI...
HHF
" ANNIVERSAIRE, CADEAU ! C'EST UNE SLOW WATCH ! "
MERCI, LES GARS !
" QUELLE HEURE EST-IL, MONSIEUR ? "
C'EST L'HEURE D'Y ALLER !

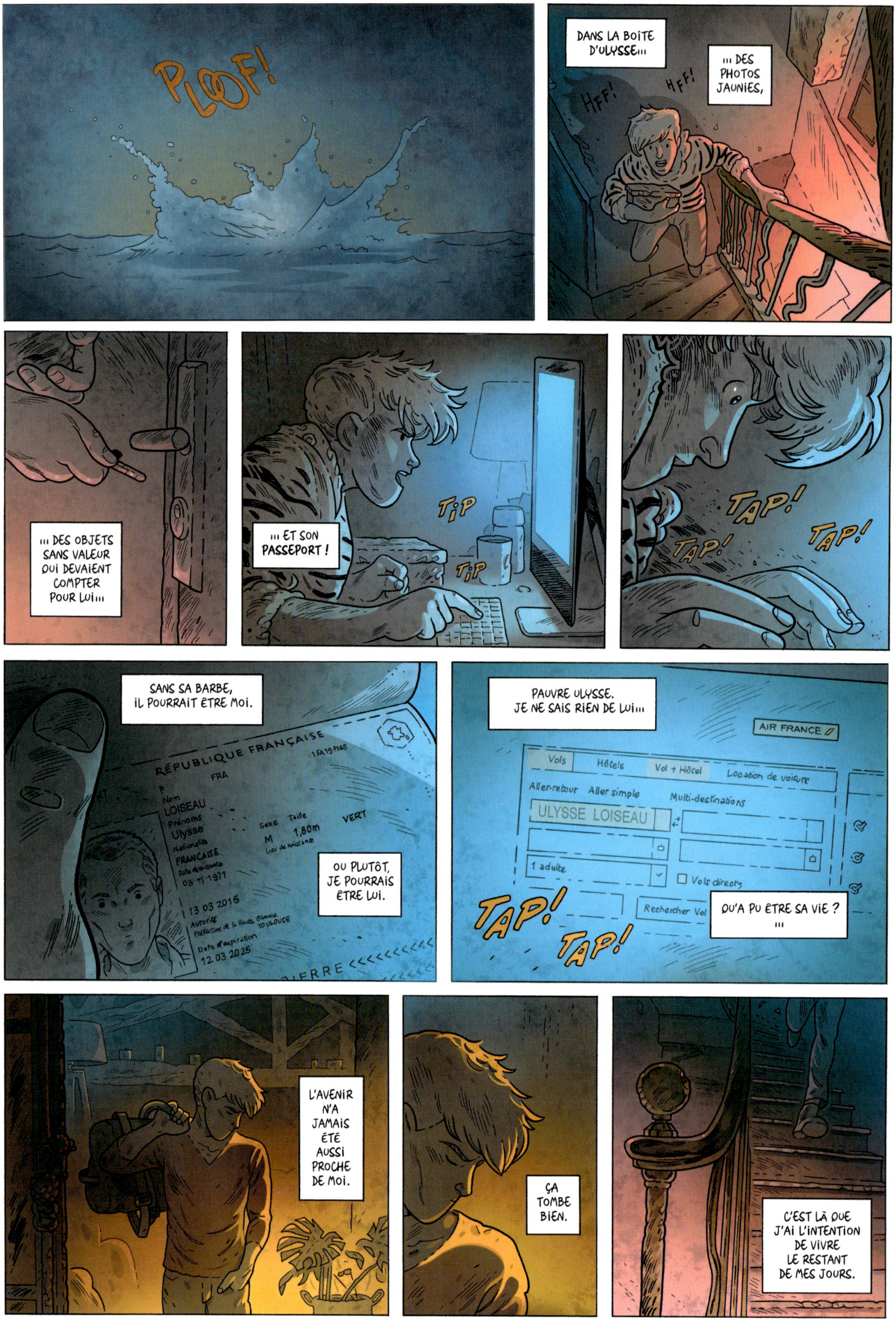
PLOOF!
DANS LA BOITE D'ULYSSE...
HFF!
HFF!
... DES PHOTOS JAUNIES,
... DES OBJETS SANS VALEUR QUI DEVAIENT COMPTER POUR LUI...
... ET SON PASSEPORT !
TIP
TIP
TAP!
TAP!
TAP!
SANS SA BARBE, IL POURRAIT ÊTRE MOI.
RÉPUBLIQUE FRANÇAISE
FRA
15A197745
Nom
LOISEAU
Prénoms
Ulysse
Nationalité
FRANCAISE
Sexe
M
Taille
1,80m
VERT
Lieu de naissance
03 11 1971
13 03 2015
Préfecture de la Haute Garonne TOULOUSE
Date d'expiration
12 03 2025
OU PLUTÔT, JE POURRAIS ÊTRE LUI.
PAUVRE ULYSSE. JE NE SAIS RIEN DE LUI...
AIR FRANCE
Vols
Hôtels
Vol + Hôtel
Location de voiture
Aller-retour
Aller simple
Multi-destinations
ULYSSE LOISEAU
1 adulte
Vols directs
Rechercher Vol
TAP!
TAP!
QU'A PU ÊTRE SA VIE ? ...
L'AVENIR N'A JAMAIS ÉTÉ AUSSI PROCHE DE MOI.
ÇA TOMBE BIEN.
C'EST LÀ QUE J'AI L'INTENTION DE VIVRE LE RESTANT DE MES JOURS.

" HAHAHA ! MONSEIGNEUR ! QUI SAIT ? ... "
" UN JOUR, C'EST P'TÊT MOI QUI T'RENDRAI SERVICE ! " ...
À L'AÉROPORT, S'IL VOUS PLAIT !
VOUS AVEZ ÉVOQUÉ UN CERTAIN MONIN QUE VOUS N'AVEZ POURTANT JAMAIS RENCONTRÉ ET DONT PARLAIT SOUVENT MONSIEUR PÉRAC...
LE RAPPORT DE POLICE EST FORMEL : CET HOMME N'APPARAIT NULLE PART.
EST-CE QUE VOUS AVEZ ÉTÉ EN CONTACT AVEC PÉRAC LE SOIR DE L'INCENDIE ?
NON.
NON.
ET VOUS, MADE-MOISELLE ?
MADEMOISELLE ? ...
EST-CE QUE VOUS AVEZ ÉTÉ EN CONTACT AVEC LUI CE SOIR-LÀ ?
NON.

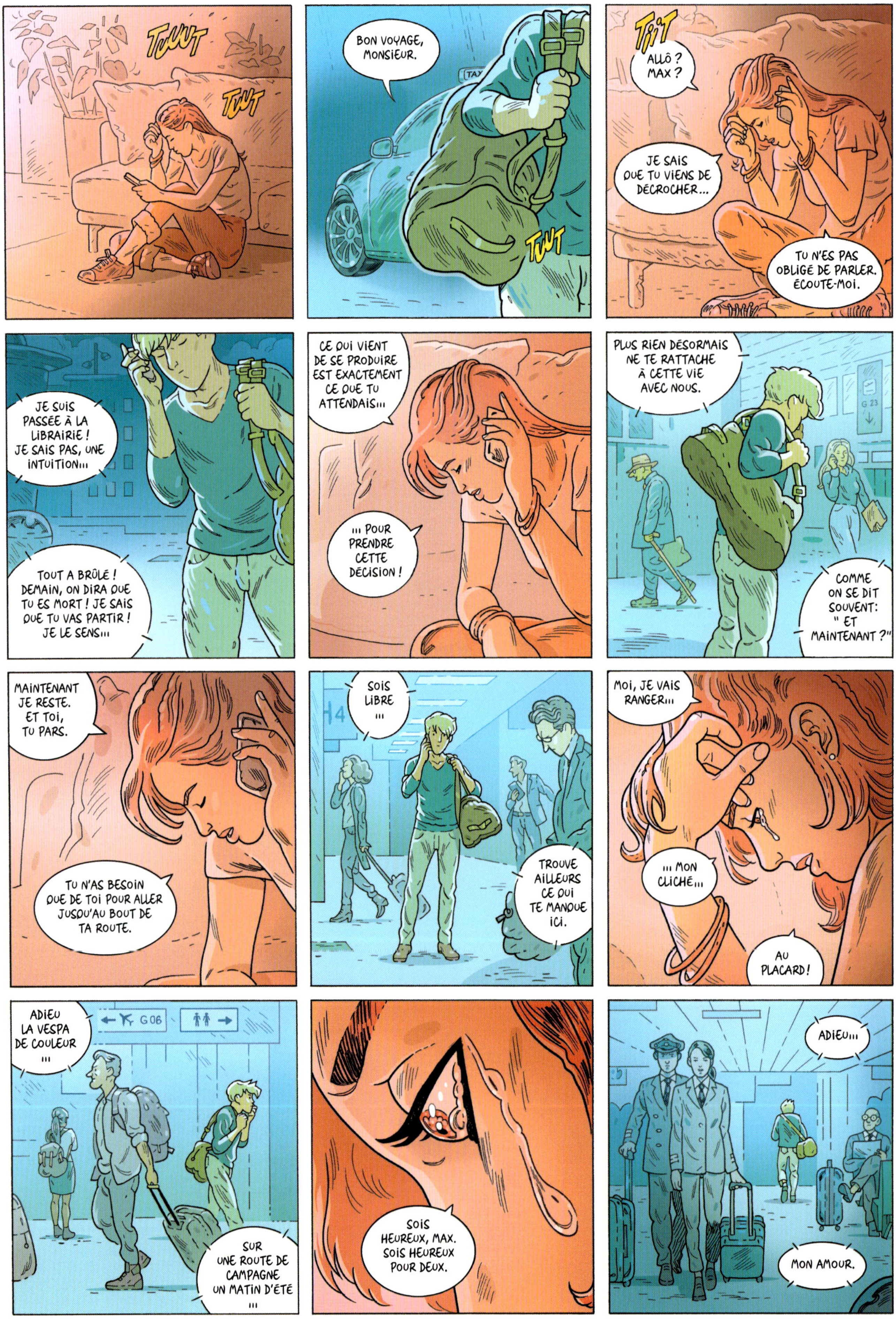
TUUUT
TUUT
BON VOYAGE, MONSIEUR.
TUUT
TIT
ALLÔ ? MAX ?
JE SAIS QUE TU VIENS DE DÉCROCHER...
TU N'ES PAS OBLIGÉ DE PARLER. ÉCOUTE-MOI.
JE SUIS PASSÉE À LA LIBRAIRIE ! JE SAIS PAS, UNE INTUITION...
TOUT A BRÛLÉ ! DEMAIN, ON DIRA QUE TU ES MORT ! JE SAIS QUE TU VAS PARTIR ! JE LE SENS...
CE QUI VIENT DE SE PRODUIRE EST EXACTEMENT CE QUE TU ATTENDAIS...
... POUR PRENDRE CETTE DÉCISION !
PLUS RIEN DÉSORMAIS NE TE RATTACHE À CETTE VIE AVEC NOUS.
COMME ON SE DIT SOUVENT: " ET MAINTENANT ?"
MAINTENANT JE RESTE. ET TOI, TU PARS.
TU N'AS BESOIN QUE DE TOI POUR ALLER JUSQU'AU BOUT DE TA ROUTE.
SOIS LIBRE ...
TROUVE AILLEURS CE QUI TE MANQUE ICI.
MOI, JE VAIS RANGER...
... MON CLICHÉ...
AU PLACARD !
ADIEU LA VESPA DE COULEUR ...
SUR UNE ROUTE DE CAMPAGNE UN MATIN D'ÉTÉ ...
SOIS HEUREUX, MAX. SOIS HEUREUX POUR DEUX.
ADIEU...
MON AMOUR.

JE N'AI PAS VOYAGÉ DEPUIS VINGT ANS...
DEPUIS LA MORT DE MON PÈRE.
" TON DESSIN A ÉTÉ RETENU, MAX ! TU PARS ! "
" LE BILLET EST PRÉPAYÉ."
" TU N'AS PLUS QU'À ENREGISTRER TON NOM SUR LE SITE DE LA COMPAGNIE AÉRIENNE."
Carte d'Embarquement
09 b
AIR FRANCE
Ulysse LOISEAU
" UNE SEMAINE À L'AUTRE BOUT DU MONDE, MON VIEUX !"
"DANS UN SALON DU LIVRE AU CŒUR DE L'ADRIATIQUE !"
UNE SEMAINE ...
... À L'AUTRE BOUT DU MONDE !

JE NE PARS PAS UNE SEMAINE...

JE PARS !
C'EST TOUT !!

Chapitre 4

« Je retrouve tout comme avant. C'est incroyable, rien n'a changé… »

CAMILLE ?!!... J'ARRÊTE PAS DE T'APPELER !
CLING
JE T'AI SONNÉE, AMBRE ?
ÇA VA, T'ES PAS LA SEULE À AVOIR LE CAFARD, MERDE ! ON EST TOUS LES TROIS EFFONDRÉS D'AVOIR PERDU MAX !
POURQUOI TU ME PARLES COMME ÇA ?! ...
C'EST PARCE QUE VOUS AVEZ COUCHÉ ENSEMBLE UN SOIR ?!
BRAVO, TU AS UNE LONGUEUR D'AVANCE !
HEIN ??!... MAIS C'ÉTAIT IL Y A DES ANNÉES ! NE ME DIS PAS QUE T'ES RESTÉE BLOQUÉE LÀ-DESSUS !...
POMPON ?!... TU L'AS PRIS AVEC TOI ?!
R R R
J'AI EU PEUR QU'IL SOIT DANS LA LIBRAIRIE PENDANT L'INCENDIE...
IL FAUT QUE TU TE CHANGES LES IDÉES !
R R R R
GUS EST MÉCONNAISSABLE, TU SAIS.
IL RESTE ASSIS DANS LES DÉCOMBRES DE LA LIBRAIRIE.
R R
JE N'AI PAS LE COEUR À T'ÉCOUTER, AMBRE ! JE TE LAISSE TE CHANGER LES IDÉES COMME TU DIS...
MOI, JE SUIS OCCUPÉE À PLEURER MAX.
ALORS S'IL TE PLAÎT, VA-T'EN !

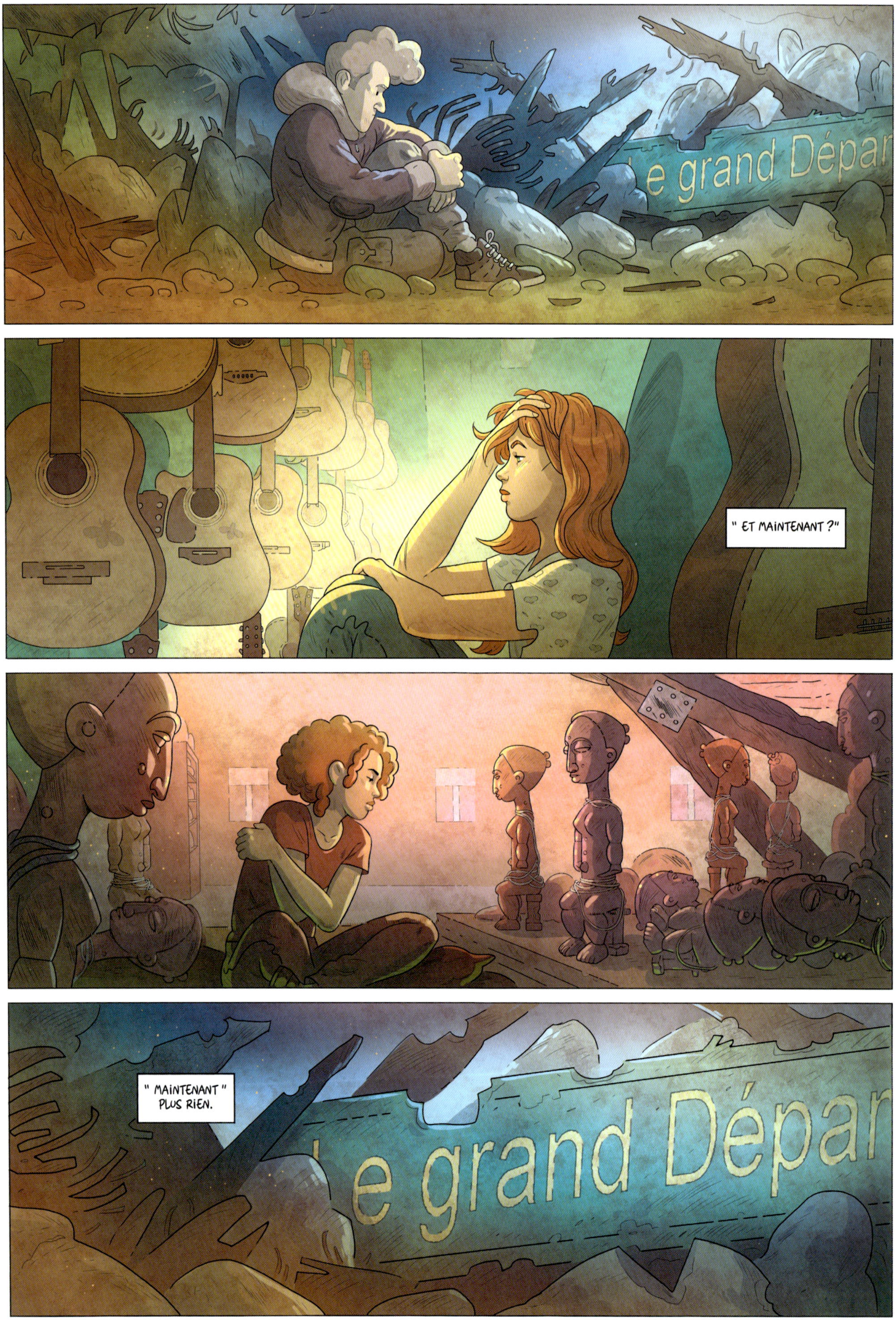
e grand Dépar
" ET MAINTENANT ? "
" MAINTENANT "
PLUS RIEN.
e grand Dépar

CE CONCOURS DE DESSIN, CE SALON DU LIVRE… TOUT ÇA ÉTAIT BIDON.
C'EST CAMILLE, AMBRE ET GUS QUI ONT IMAGINÉ TOUT ÇA…
… POUR M'EXTRAIRE DE MON QUOTIDIEN, ME SORTIR DE MA MÉLANCOLIE …
SAUF QUE…
VVRRRRR
… JE VAIS PARTIR BEAUCOUP PLUS LOIN.
LE DERNIER VOL…
… QUI DURERA UNE PARTIE DE LA NUIT …
ET APRÈS …
… JE SERAI LIBRE !

L'ÎLE !
J'Y REVIENS ENFIN !
RIEN N'A CHANGÉ.
JE RETROUVE TOUT,
B BRRRR
COMME AVANT.

VOILÀ LE PONTON !
ÉVIDEMMENT, IL N'Y A RIEN !
AUCUNE TERRE À L'HORIZON...
QUEL CON ! J'IMAGINAIS QUOI ?!
ENFIN, MONSIEUR PÉRAC !
DÉPÊCHONS-NOUS, NOUS ALLONS ÊTRE EN RETARD ! MONTEZ !
HEIN ?! MAIS IL N'Y AVAIT PERSONNE IL Y A UN INST...
MONTEZ !
MONIN ?!
VITE ! LE DESTIN N'ATTEND PAS !
NOUS AVONS UNE BONNE DEMI-HEURE DE TRAVERSÉE ...
VOUS RECONNAISSEZ ? ...
COMMENT OUBLIER ?... J'IMAGINE QUE VOUS NE M'ACCOMPAGNEZ PAS...
JE NE SUIS PAS LÀ POUR VOUS ACCOMPAGNER ET ENCORE MOINS VOUS COMPRENDRE. JE SUIS LÀ POUR VOUS MONTRER LE CHEMIN.
BON VOYAGE, MONSIEUR PÉRAC ...
QUELLE CHALEUR, ICI ! IL FAIT AU MOINS TRENTE DEGRÉS ! ...

AAAH, SI JE N'ÉTAIS PAS LÀ POUR ENLEVER LES MAUVAISES HERBES ! ...
B... BONJOUR. V... VOUS CONNAISSEZ LA GRANDE MAISON EN HAUT DE L'ÎLE...
VOUS DEVEZ CONFONDRE, IL N'Y A QUE DES RUINES ICI DEPUIS AU MOINS VINGT ANS !
J'AI HABITÉ DANS CETTE ...
AAAH OUI, HEUREUSEMENT QUE JE SUIS LÀ POUR ENLEVER LES MAUVAISES HERBES...

!
DONG! DONG!
HHHi;;;
!
SIRE ?!...
SIRE !! VOUS ÊTES DE RETOUR ! QUEL BONHEUR DE VOUS REVOIR !
?
JE VAIS SERVIR À SA MAJESTÉ UNE LIQUEUR À LA MÛRE ET À LA CORIANDRE DANS LE PETIT SALON MAUVE.
QUOI ?!... M... MAIS QUI ÊTES-VOUS ?!!...
ALLONS SIRE, JE SUIS MADAME TULIPE, VOTRE GOUVERNANTE. JE VOUS LAISSE MONTER...
H... HEIN ?!... ATTENDEZ !
... SI VOUS AVEZ BESOIN DE MOI, VOUS ME SONNEZ BIEN SÛR...

?!
!
MAIS QU'EST-CE QUE C'EST QUE CES CONNERIES ?! ...
C... C'EST UN CAUCHEMAR ! UN CAUCHEMAR !!
AAAAAAA
QU'EST-CE QUE ÇA VEUT DIRE ?!... C... CETTE MAISON, JE LA CONNAIS PAR COEUR... TOUT A CHANGÉ !

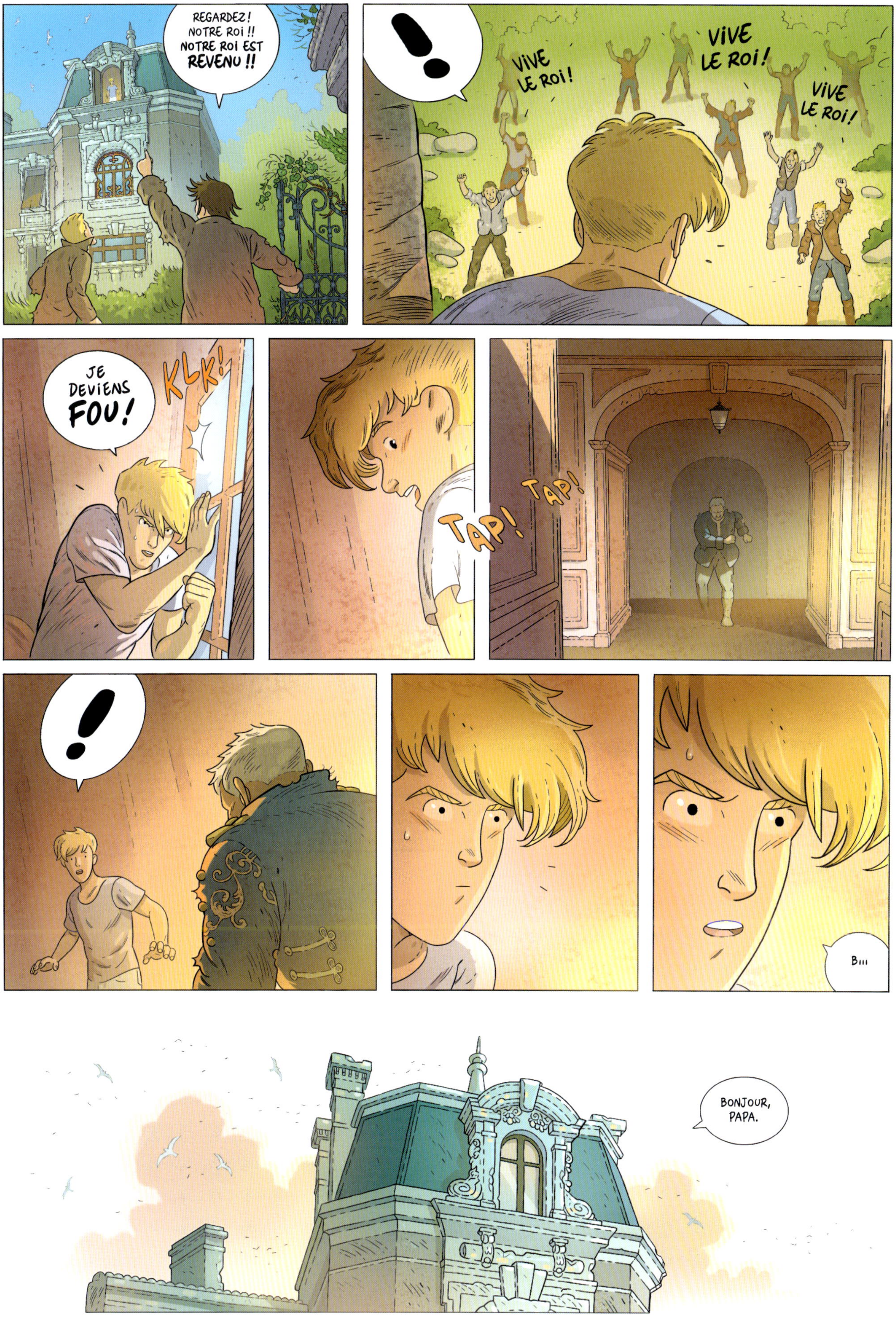
REGARDEZ ! NOTRE ROI !! NOTRE ROI EST REVENU !!
!
VIVE LE ROI !
VIVE LE ROI !
VIVE LE ROI !
JE DEVIENS FOU !
KLK !
TAP !
TAP !
!
Biii
BONJOUR, PAPA.

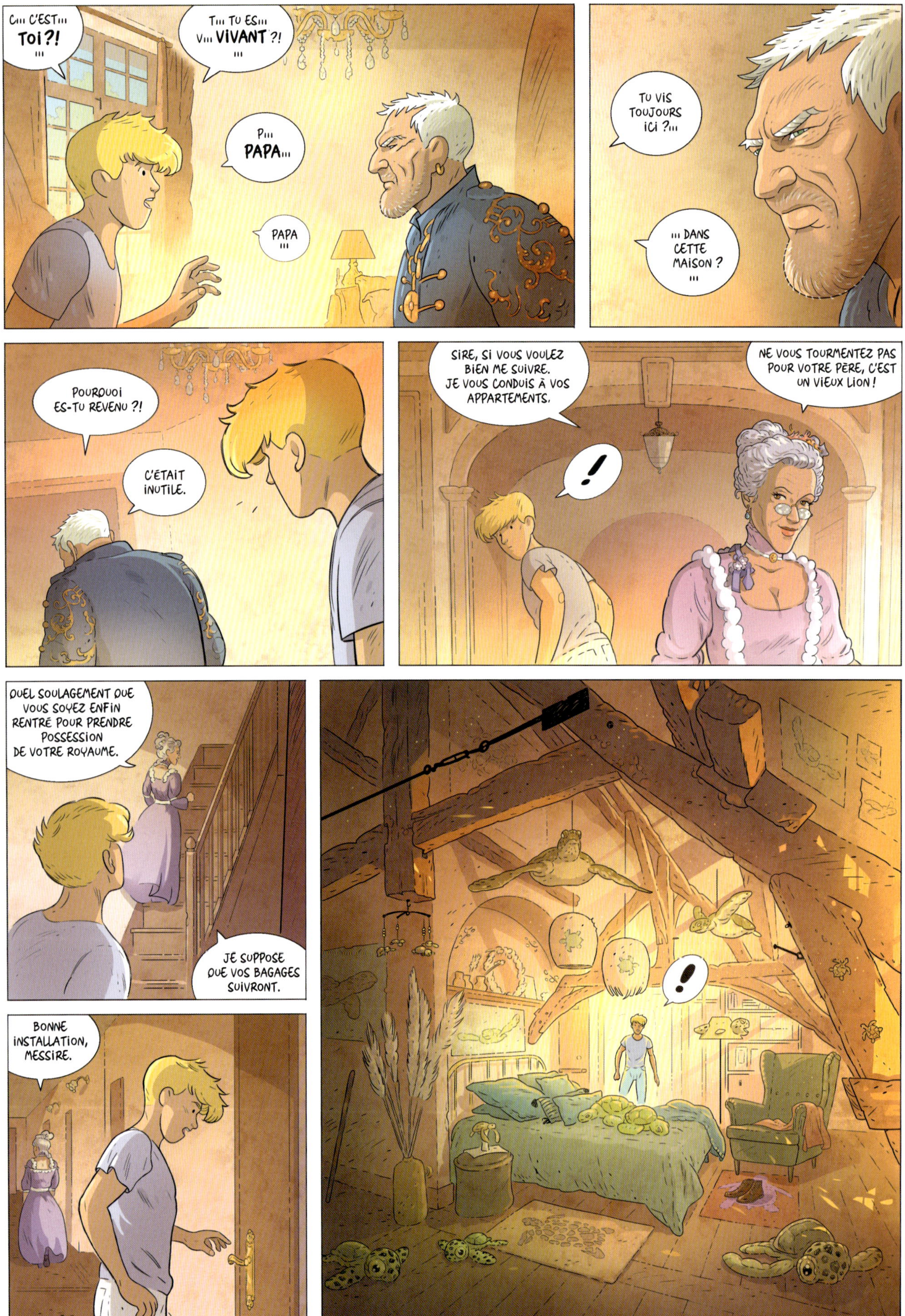
C… C'EST… TOI ?! …
T… TU ES… V… VIVANT ?! …
P… PAPA…
PAPA …
TU VIS TOUJOURS ICI ?…
… DANS CETTE MAISON ? …
POURQUOI ES-TU REVENU ?!
C'ÉTAIT INUTILE.
SIRE, SI VOUS VOULEZ BIEN ME SUIVRE. JE VOUS CONDUIS À VOS APPARTEMENTS.
NE VOUS TOURMENTEZ PAS POUR VOTRE PÈRE, C'EST UN VIEUX LION !
!
QUEL SOULAGEMENT QUE VOUS SOYEZ ENFIN RENTRÉ POUR PRENDRE POSSESSION DE VOTRE ROYAUME.
JE SUPPOSE QUE VOS BAGAGES SUIVRONT.
BONNE INSTALLATION, MESSIRE.
!

EN ENTRANT DANS MA CHAMBRE...
... J'ENTRE DANS LE PASSÉ.
RIEN N'A BOUGÉ DEPUIS MES DIX ANS.
MESSIIIIIIRE !! VOUS ÊTES LÀ ? ...
JE VOUS PRÉSENTE MES HOMMAGES, SEIGNEUR DE NOS TERRES ! QUEL RAVISSEMENT DE REVOIR S'ILLUMINER VOTRE ROYAL VISAGE !
VOTRE GOUVERNANTE VOUS A CHOISI QUELQUES VÊTEMENTS D'ALLURE QUI CE SOIR VOUS FERONT MAITRE DES ÉLÉGANCES !
AH, CE SOIR !!
UN IMPROMPTU BANQUET SERA DRESSÉ POUR CÉLÉBRER VOTRE MAJESTUEUX RETOUR, VOTRE ALTESSE !
DES JONGLEURS, QUELQUES TROUBADOURS, DES POULARDES RÔTIES ET DES FRUITS JUTEUX NOUS DONNERONT GRAND PLAISIR !
C... CE SOIR ?... MAIS...
SONGEZ AUX COURTISANES, SIRE ! ENVELOPPÉES DANS LEURS CHEVEUX LISSES ET DRAPÉES DANS DES TOILETTES DE LUMIÈRE ! ... SONGEZ AU DUC DE NORMANDIE ET DUPONT DE NEMOURS ! ILS REVIENNENT DROIT DE LEURS VIEILLES PROVINCES POUR VOUS VOIR BRILLER LORSQUE VOUS PARAITREZ ! ... CE SOIR, SIRE ! ...
CE SOIR !

Moi, la duchesse Pénélope de Loiseau, je veux ce soir faire chanter les notes de la nuit pour la cour et le roi.
Parti pour vous quérir, sire... vous aviez la même allure, presque les mêmes traits.
Mon mari est parti depuis tant d'années que même la lune ne s'en souvient.
Il s'était désigné pour vous trouver, sire.
... mais vous revîntes seul.
Vous rev... ?!
CATACLP!
CATACLP!
EN GARDE, ALTESSE !
!

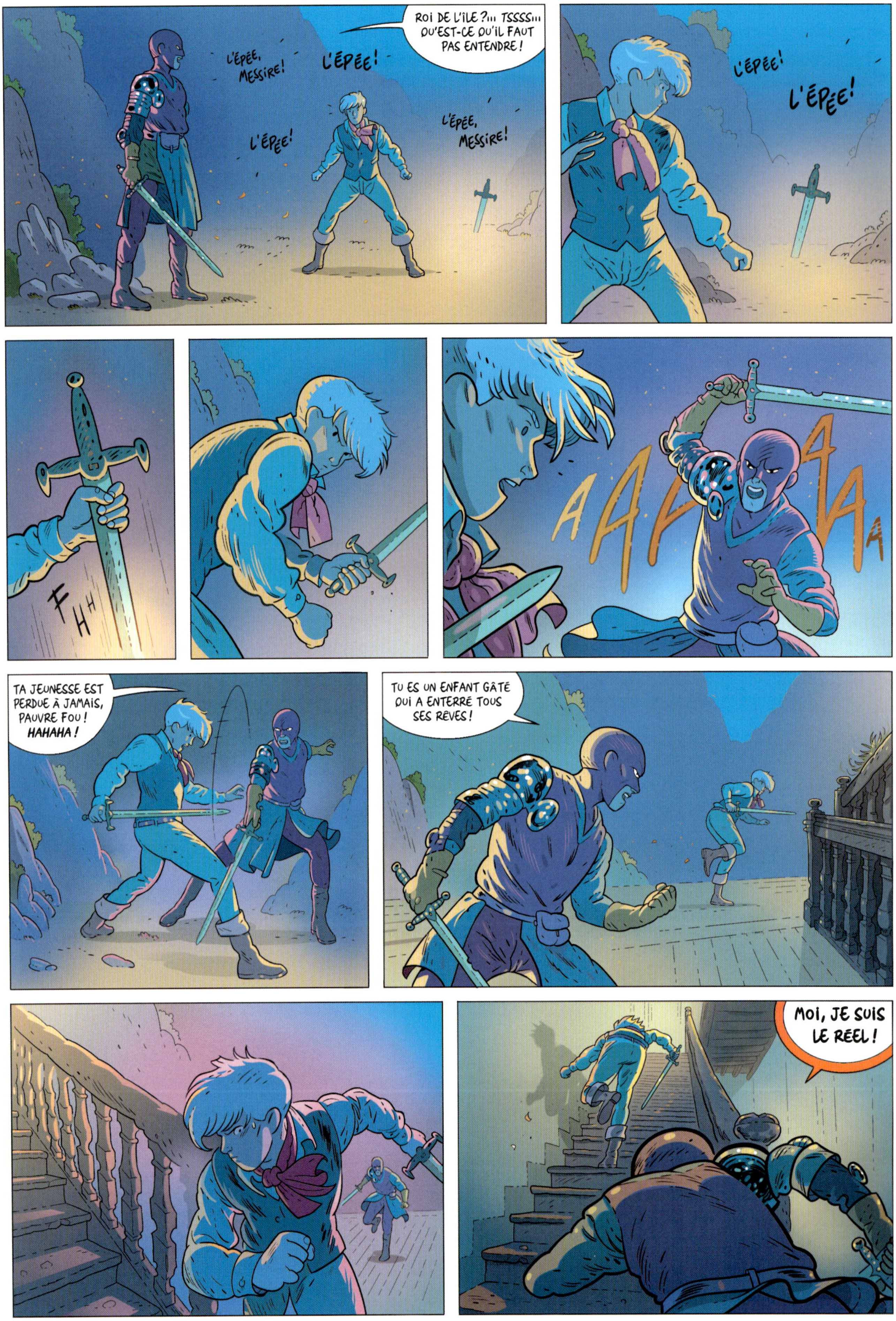
L'ÉPÉE, MESSIRE !
L'ÉPÉE !
ROI DE L'ÎLE ?!!! TSSSS!!! QU'EST-CE QU'IL FAUT PAS ENTENDRE !
L'ÉPÉE !
L'ÉPÉE, MESSIRE !
L'ÉPÉE !
L'ÉPÉE !
FHH
AAAAAAA
TA JEUNESSE EST PERDUE À JAMAIS, PAUVRE FOU ! HAHAHA !
TU ES UN ENFANT GÂTÉ QUI A ENTERRÉ TOUS SES RÊVES !
MOI, JE SUIS LE RÉEL !

DÉSORMAIS, IL N'Y A PLUS QUE MOI DE VIVANT !
AAAAA
FAUX !
OUCH !
BOOM !
TU N'ES QUE DU VENT ! DE LA POUSSIÈRE !! ...
À MORT !
À MORT !
À MORT !
À MORT !
JE SUIS LE ROI DE CETTE ÎLE ! JE SUIS...
!

Tııı Tııı Tuııı
LE ROI DES FOUS ! HAHAHA !
MESSIRE !
MESSIRE !
NOTRE ROI !
NOTRE ROI !
OUI ! JE SUIS VOTRE ROI !
ET VOUS ÊTES MON PEUPLE !

Chapitre 5

«Vous savez que sur notre île, il n'a jamais plu un seul jour…»

MAJESTÉ, JE VOUS SOUHAITE UNE BELLE JOURNÉE. ELLE SERA RADIEUSE ET ENSOLEILLÉE COMME À CHAQUE FOIS.
VOUS SAVEZ QUE SUR NOTRE ÎLE, IL N'A JAMAIS PLU UN SEUL JOUR !
AH OUI ? HUM... DITES-MOI MADAME TULIPE...
OUI, SIRE ?
CETTE DAME QUI JOUAIT DU PIANO HIER SOIR...
LA DUCHESSE PÉNÉLOPE DE LOISEAU.
SON MARI EST VRAIMENT PARTI JUSQUE... DANS... MON MONDE ? JE VEUX DIRE... JUSQU'À MOI POUR CHERCHER À ME RAMENER ICI ?
OUI, QUELLE TRISTESSE ! NOUS SOMMES SANS NOUVELLES DE LUI DEPUIS DES ANNÉES...
AUJOURD'HUI, IL NE DOIT PLUS SE SOUVENIR DU CHEMIN QUI MÈNE JUSQU'À NOUS ...
UNE BRIQUE DANS LA BIBLIOTHÈQUE ?
QUICONQUE QUITTE L'ÎLE, PERD LA MÉMOIRE !
PAUVRE ULYSSE !
ULYSSE ...
EN QUITTANT CET ENDROIT, IL PERDIT TOUS SES SOUVENIRS...
IL DEVINT SDF DANS MON MONDE ...
... PUIS MOURUT DANS L'INCENDIE DE MA LIBRAIRIE.
ON AVAIT UN PEU LE MÊME VISAGE... ET J'AI UTILISÉ SON PASSEPORT.

QUELLE FATALITÉ.
PAUVRE ULYSSE...
LE POINT CULMINANT DE L'ÎLE.
JE VENAIS ICI QUAND J'ÉTAIS GOSSE.
JE ME RAPPELLE, J'ÉTAIS SOUVENT AVEC...
PAPA !
LE PREMIER ARRIVÉ EN BAS !
PFF !

AAAAHAAAAAA
PLF!

!
IMPOSSIBLE !

UNE BALEINE À CET ENDROIT-LÀ ?! JE RÊVE.
OUI ...
JE RÊVE ...
PFF... HFF... HFF... OUF ! J'AI PLUS DIX ANS !
C'EST UN PEU ÇA LE PROBLÈME. QU'EST-CE QUE JE FOUS LÀ VRAIMENT ?! ...

?!
C...
CAMILLE?
ELLE EST MAGNIFIQUE, N'AYONS PAS PEUR DES MOTS !
VOUS ÊTES MAITRE EN VOTRE ÎLE, MAJESTÉ !
DEPUIS VOTRE ARRIVÉE, VOUS NAVIGUEZ DANS VOTRE SUBCONSCIENT ...
... C'EST LÀ QUE VIT ENCORE VOTRE ENFANCE.
QUI ÊTES-VOUS, MONSIEUR ?
JE NE SUIS - COMME NOUS TOUS - QU'UN DE VOS SUJETS, SIRE ...
MAINTENANT QUE VOUS ÊTES PASSÉ SUR L'AUTRE VERSANT DE L'ÎLE ...
... VOUS ENTREZ DANS LA ZONE DE VOS DÉSIRS D'ADULTE...
... OÙ LE VISAGE DE CETTE FEMME SEMBLE APPARAÎTRE...
... COMME LA RÉPONSE À VOS TOURMENTS.
JE VOUS SOUHAITE UNE BONNE FIN DE VOYAGE, SIRE.

Chapitre 6

« Tout cela a vraiment eu lieu, j'ai vécu toutes ces aventures... »

CAMILLE
...
?
UN LIVRE ! ENTRE LES BRIQUES ?!
...
!
LA CRAIE!!
LA CRAIE DES ÉTOILES!!

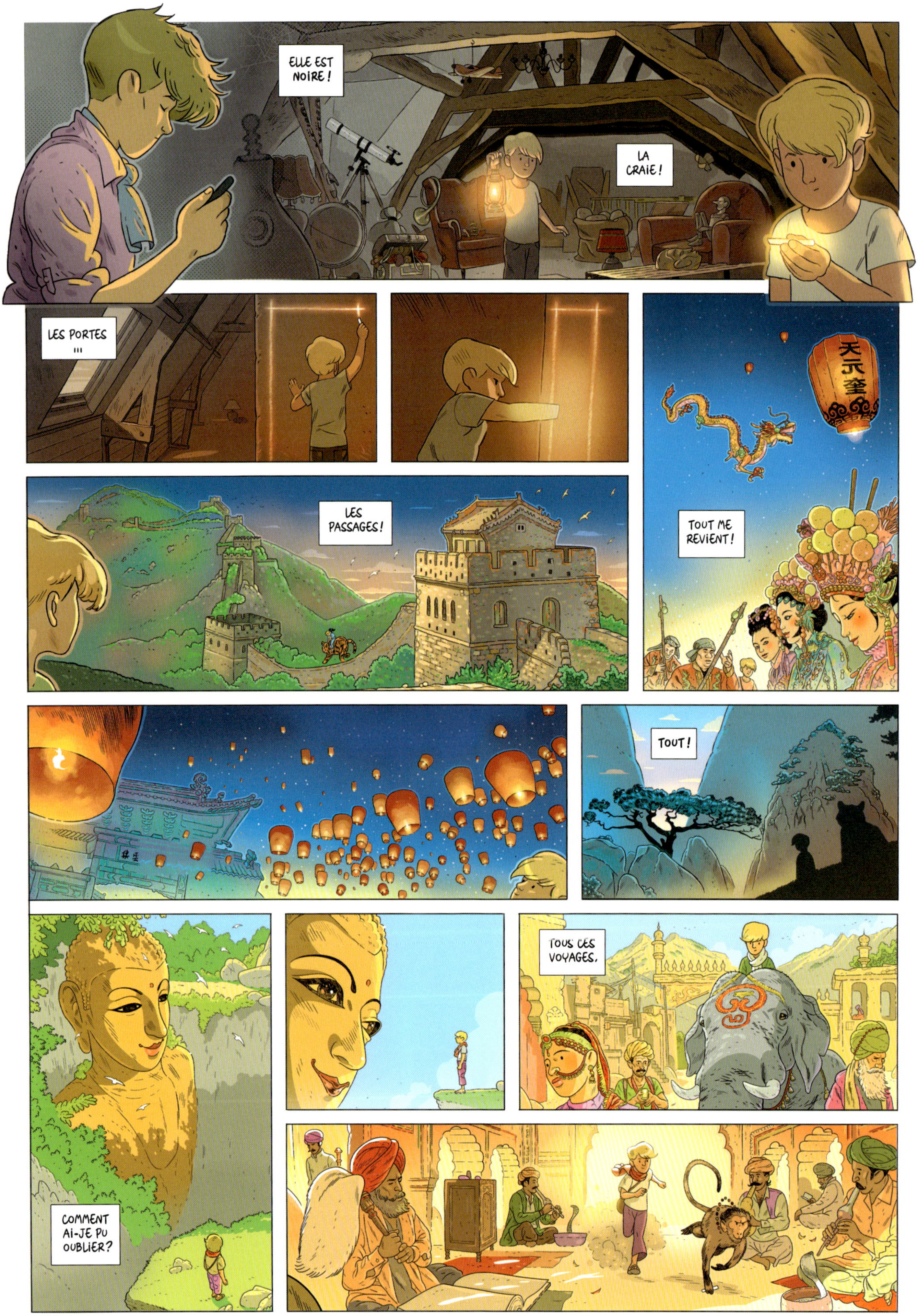
ELLE EST NOIRE !
LA CRAIE !
LES PORTES ...
LES PASSAGES !
TOUT ME REVIENT !
TOUT !
TOUS CES VOYAGES.
COMMENT AI-JE PU OUBLIER ?

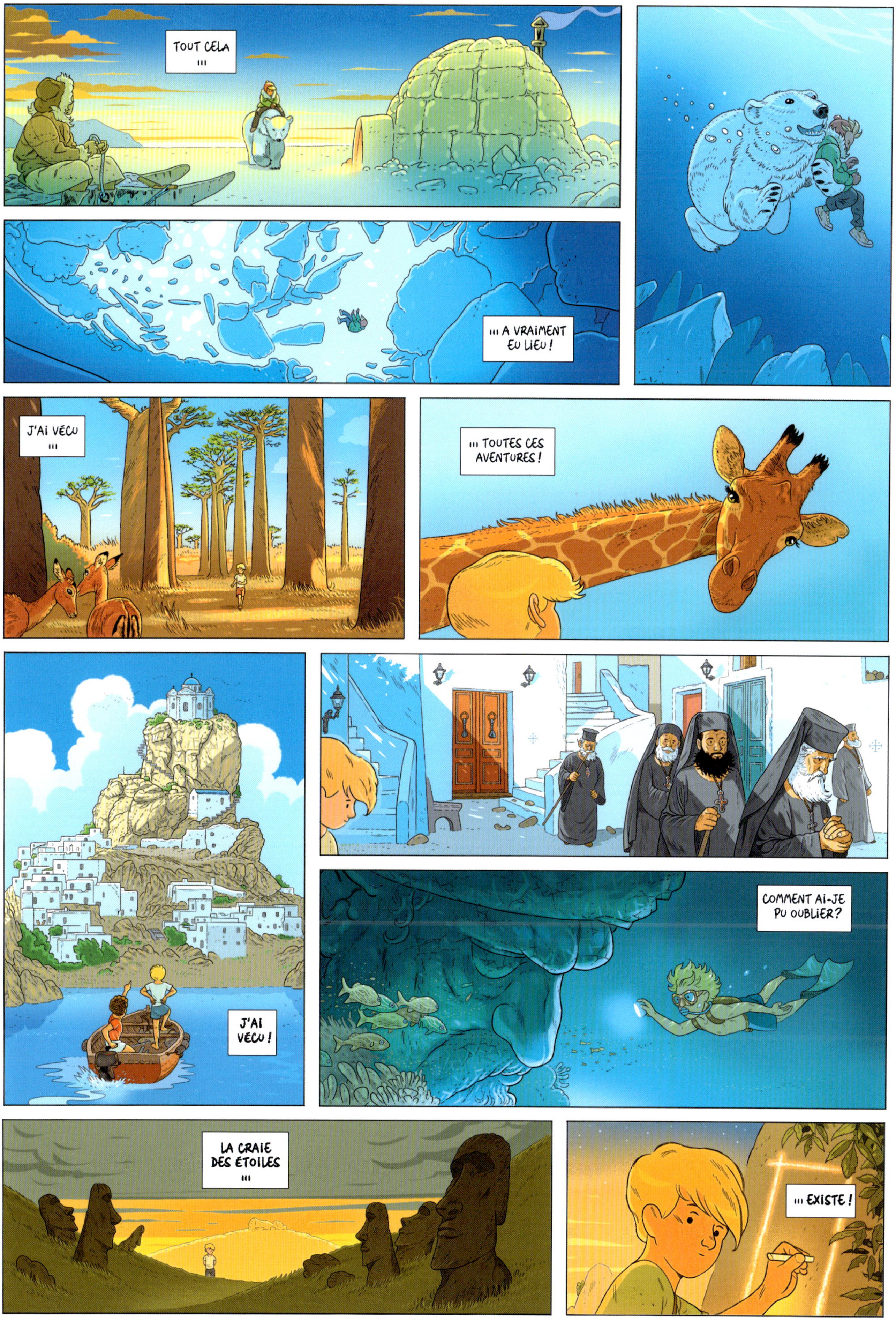
TOUT CELA …
… A VRAIMENT EU LIEU !
J'AI VÉCU …
… TOUTES CES AVENTURES !
J'AI VÉCU !
COMMENT AI-JE PU OUBLIER ?
LA CRAIE DES ÉTOILES …
… EXISTE !

AVEC CETTE CRAIE IL SUFFISAIT DE DESSINER UNE PORTE SUR LE MUR ...
ET JE DISPARAISSAIS POUR APPARAITRE À UN AUTRE ENDROIT DU GLOBE.
ET PUIS IL Y A EU CES ANNÉES DE RAISON ...
... À JOUER À L'ADULTE.
SIRE! SIRE!
SAUF QU'AUJOURD'HUI, LA CRAIE EST NOIRE.
LE VIEUX LION! VOTRE PÈRE! ON L'A REPÊCHÉ AU LARGE ...
LES TORTUES, SIRE! LES TORTUES!
PAPA!
M... MAX ...
J... J'AI ESSAYÉ D... DE M'ENGOUFFRER DANS LE P... PASSAGE SOUS-MARIN Q... QUI MÈNE AUX T... TORTUES DE MER ...
PAPA, ÉCONOMISE TON SOUFFLE! ÉCOUTE-MOI!
T... TOI... ÉCOUTE...
J... JE VOULAIS QUE TU RÉALISES T... TON RÊVE...
PAPA! NON, TU NE PEUX PAS MOURIR! PAS ENCORE! ...
PAPA!
P...

DANS LES PROFONDEURS DU LAGON, IL Y A UN GROUPE DE TORTUES ...
... COINCÉ DANS UNE NICHE SOUS-MARINE. C'EST LÀ QU'ELLES VIVENT.
IL A VOULU LES LIBÉRER...
... POUR QU'ELLES REGAGNENT LA MER.
ET IL A ÉTÉ ASPIRÉ PAR LE COURANT.
IL A FAIT ÇA...
... POUR QUE JE VIVE MON RÊVE DE GOSSE...
... NAGER AVEC LES TORTUES DE MER.
KRRR!
MAX!
MAX!
MAX!
PAPA!

HIII HUHU…
MAX…
CES SÉANCES D'HYPNOSE VOUS ONT ÉTÉ TRÈS BÉNÉFIQUES.
D'UNE CERTAINE MANIÈRE, LE DESTIN VOUS A FAIT REVENIR SUR L'ÎLE DE L'ENFANCE POUR RÉGLER VOS COMPTES AVEC VOTRE PÈRE…
…ACCEPTER SA MORT ET TROUVER ENFIN LA PAIX EN VOUS.
CHAQUE ENFANT S'AUTOPROCLAME ROI EN SON ROYAUME. VOUS ÊTES REVENU DANS LE DÉCOR DU PASSÉ MAIS EN TANT QU'ADULTE.
DANS CETTE ÎLE PEUPLÉE DE PERSONNAGES DE VOTRE IMAGINAIRE D'ENFANT…
MAIS OÙ LE ROI N'EXISTE PLUS.
MON TRAVAIL S'ARRÊTE ICI. BONNE CHANCE, MONSIEUR PÉRAC !
AU REVOIR, DOCTEUR.
Medico MONIN
Psichiatra
L'ITALIE DU SUD.
IL FAIT ENCORE CHAUD POUR UN MOIS DE SEPTEMBRE.
PRESQU'UN AN QUE JE VIS ICI.
LOIN DE TOUT.
Trastevere
Centro

"ET MAINTENANT?"

JE DONNE MON PRÉAVIS, ET DANS DEUX MOIS ...

JE SERAI DE RETOUR...

... EN FRANCE.
TUUT
CAMILLE ! C'EST GUS ! ... C'EST LE CINQUIÈME MESSAGE QUE JE TE LAISSE !
POURQUOI TU RÉPONDS PAS ?!
QU'EST-CE QUE TU FOUS, BORDEL ?! T'ES OÙ ?!

ÇA FAIT UNE HEURE QU'ON EST AU RESTO AVEC AMBRE !
ON VA COMMENCER À S'INQUIÉTER... MERDE ! RAPPELLE-MOI !
TUUT !
" BON, AMBRE, QU'EST-CE QU'ON FAIT ?! JE LE SENS PAS, LÀ ! Y A UN TRUC QUI DÉCONNE ! "
" TU SAIS, GUS, CAMILLE EST MAL DEPUIS LA MORT DE MAX... "
" C'ÉTAIT IL Y A UN AN... "
ET NOUS ÉTIONS DANS CE RESTO ...
JE SUPPOSE QUE TU AS REÇU COMME MOI LE MAIL À PROPOS DE L'ENQUÊTE ...
OUI. LA JUSTICE A CLASSÉ L'AFFAIRE SANS SUITE.

QUELLE HEURE EST-IL, MONSIEUR ? !!!
C'EST L'HEURE D'Y ALLER !

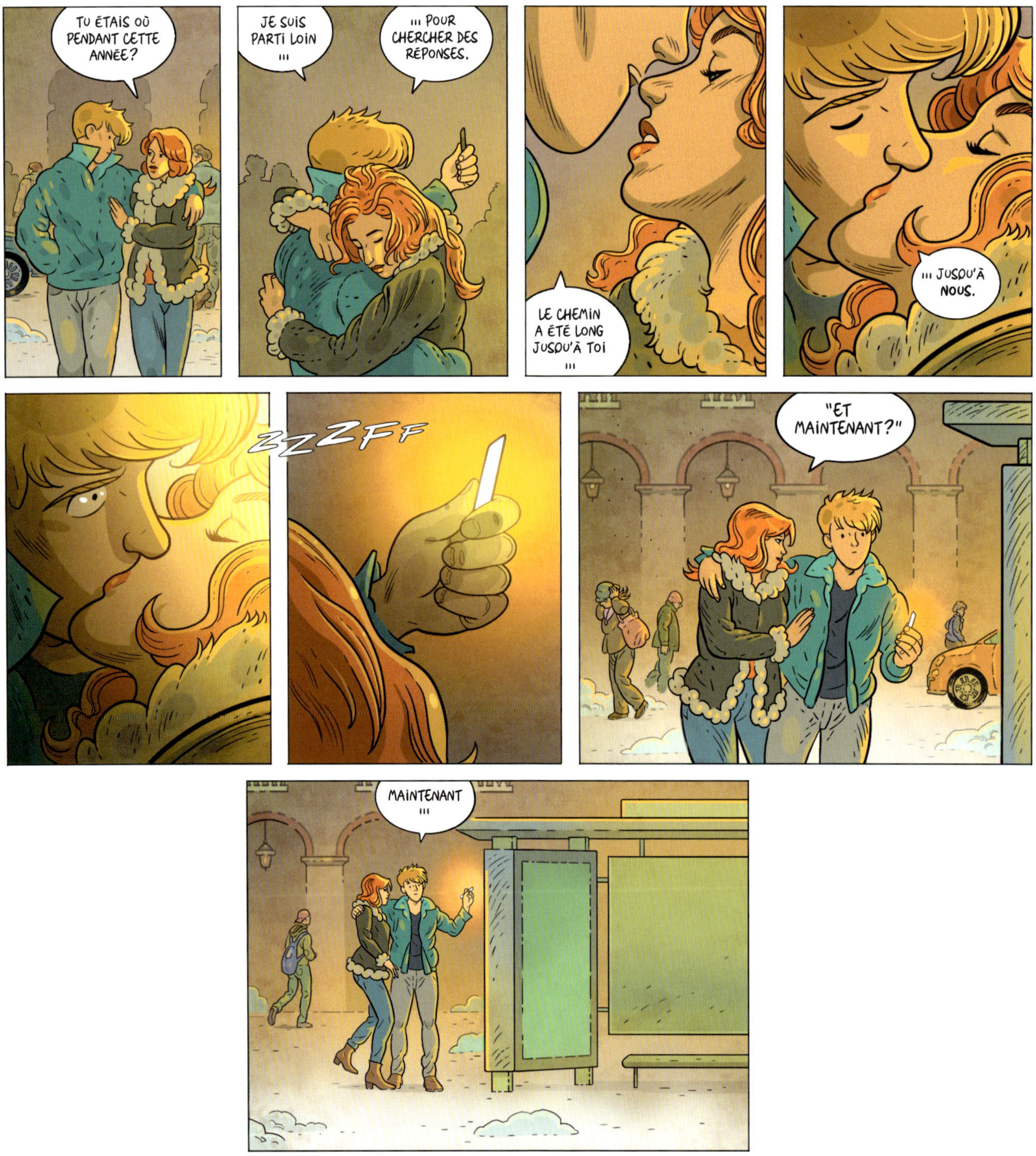
TU ÉTAIS OÙ PENDANT CETTE ANNÉE?
JE SUIS PARTI LOIN ...
... POUR CHERCHER DES RÉPONSES.
LE CHEMIN A ÉTÉ LONG JUSQU'À TOI ...
... JUSQU'À NOUS.
ZZZFF
"ET MAINTENANT?"
MAINTENANT ...

CETTE HISTOIRE EST UN VOYAGE.
NOUS DEVONS TOUS FAIRE LE DEUIL DE L'ENFANCE QUI NE REVIENDRA PAS.
C'EST CE QU'ON APPELLE LE PARADIS PERDU.
C'ÉTAIT ÇA, LA CRAIE DES ÉTOILES.

À L'ÂGE ADULTE, IL N'EXISTE QU'UN SEUL MOYEN POUR RETROUVER CET ÉTAT DE BONHEUR OUBLIÉ ...
C'EST ...
PRÊTE ?
CAR LE TEMPS EST VENU POUR ...
OUiiiii
LE GRAND DÉPART !
... L'AMOUR.

Anouck, mon Amour,

Notre histoire est un roman.
Nous sommes nés à 1 an et 1 jour d'écart.

La première fois que nous nous sommes vus, nous étions enfants
et cette rencontre a conditionné notre vie entière.
Nous étions chacun la réponse de l'autre.
Mon idéal féminin s'est alors construit à partir de ta personnalité
et de ton physique et toute ma vie durant,
je n'ai eu de cesse de chercher une femme qui te ressemblait.

26 ans plus tard, nous nous sommes retrouvés
et nous sommes revenus à la vie avec intensité.
Dans une exaltation de chaque instant,
portés par nos personnalités romanesques.

Je sais aujourd'hui que le grand courage dans ce monde c'est d'Aimer.
Il n'y a pas de temps pour autre chose que pour ça.
Nous sommes à l'âge où les couples se forment pour vieillir ensemble.
Nous, nous avons trouvé quelqu'un avec qui rester enfant.
Ils ont un futur, nous avons un avenir.

Nous allons continuer à nous aimer le temps d'une vie.
Nous sommes nés le jour de notre rencontre.

Je t'aime.

Raphaël

PREMIÈRE ÉDITION - Dépôt légal : janvier 2024 - ISBN : 978-2-8189-6842-0

Certifié PEFC
Ce produit est issu de forêts gérées durablement et de sources contrôlées
PEFC
PEFC/07-31-234 www.pefc.org

Imprimé en Belgique
Printed in Belgium by Delabie S.A. – Lesaffre S.A. (Mouscron),
Z.I. La Martinoire Bd de l'Eurozone 9 7700 Mouscron

La fabrication de cet album répond au processus
de développement durable engagé par Bamboo Édition.